集英社オレンジ文庫

京都伏見は水神さまのいたはるところ

雨月の猫と夜明けの花蓮

相川　真

本書は書き下ろしです。

目次

【登場人物紹介】

三岡《みつおか》ひろ

16歳。東京で暮らしていたが、京都の祖母のもとに。水神の加護があり、ひとならぬものの声が聞こえる。

清尾《きよお》拓己《たくみ》

大学3年生。ひろの幼馴染み。兄の代わりに家業の造り酒屋『清花蔵』を継ごうとする。

シロ

かつて京都にあった池の水神。普段は白い蛇の姿だが、雨が降る時には人の姿になれる。ひろに執着する。

水守《みずもり》はな江《え》

ひろの祖母。古くから水に関わる相談事を引き受けていた蓮見神社の宮司。

西野《にしの》　椿《つばき》

ひろの友人。古典研究部所属。あだ名は椿小町。

砂賀《さが》陶子《とうこ》

ひろの友人。陸上部のエース。兄は拓己の後輩の大地。

イラスト／白谷ゆう

一　飛燕の絆

1

さらりとした心地よい春の日と、一足早い夏日が、交互に訪れるのが京都の五月だ。

頭上には、雲一つない抜けるような青空が広がっている。五月の空は青が濃く、何もかもがくっきり鮮やかに見える。ひろはぼんやりと空を見上げて、顔をほころばせた。

京都に初夏が訪れようとしている。

ひろは去年の秋に、祖母の住む京都の伏見《ふしみ》へやってきた。蓮見《はすみ》神社という小さな神社が祖母の家だ。ひろも一緒にそこに住んでいる。その時高校一年生だったひろは、この春に二年生に進級した。

大型連休も半ばを過ぎたころ、ひろは伏見にある藤森《ふじのもり》神社を訪れていた。

大きな鳥居をくぐると、左右から木々が重なり合って空を覆《おお》っている。深い青の空を切り取るように、若芽の黄緑が五月の風にさわさわと揺れた。

「――ひろ」

呼びかけられて、ひろは見上げていた顔をあわてて正面に戻した。

数歩先で、拓己が苦笑していた。

「そんな上ばっかり見て歩いてたら、転ぶで」

清尾拓己《きよおたくみ》は、蓮見神社のはす向かいに住む幼馴染《おさななじ》みだ。清花蔵《きよはなくら》という大きな酒蔵の跡取りでもある。ひろより四つ年上の大学三年生だった。

拓己の右手には、風呂敷で包まれた酒瓶《さかびん》が二本ぶら下がっている。清花蔵で扱っている神酒《みき》『清花』だ。それを奉納するついでに、神社で行われている祭りの見物でもしないかと、拓己に誘われたのだ。

拓己が、反対側の手に持っていたペットボトルをひろに渡した。傍《そば》の自販機で買ったのだろう。ひんやりと冷たい。

「今日は気温上がるやろうし、熱中症なるから。ちゃんと水分とっとき」

「ありがとう」

ひろが受け取ると、拓己はわずかに首を傾《かし》げた。

「何かまた、きれいなものでもあったんか？」

ひろは自然が好きだ。風で葉がこすれる音や、若葉のさわやかな匂い、ひらひらと舞う蝶《ちょう》の鮮やかな羽の色、空を飛ぶ鳥の羽音。一つひとつをゆっくり感じていると、時間を忘れてしまう。

周りの音が聞こえなくなるほど夢中になるひろを、拓己はいつも笑ってそっとしておいてくれるのだ。

「五月の空だなあと思って」

ひろにつられるように、拓己は空を見上げた。まぶしそうに目を細める。

「そうやな。ひろはそういうことに、よう気づくなあ」

そう言って拓己が柔らかく笑うものだから。ひろはぱちぱちと瞬《まばた》きを繰り返した。最近その笑顔が、どうしてだかとてもまぶしく感じることがある。

「行くで、ひろ」

ひろは先に立って歩き出した拓己の背を追った。

ひろは幼いころからいつもその拓己の背に守られて、この地で過ごすことができている。いつか必ず追いついてその隣に並んで歩くのだと、ひろはひそかに決意していた。

藤森神社は、ひろの住む宇治《うじ》川の北岸と、伏見稲荷《いなり》大社のちょうど真ん中あたりにある神社だ。入り口には大きな鳥居、木々が茂る広い参道の奥に拝殿がある。近くの広場では子どもたちが半袖《そで》で駆け回っていた。

藤森神社では今、藤森祭《ふじのもりさい》と呼ばれる春祭りが行われている。拝殿の左側から神社の奥に向けて、祭りの屋台が迷路のように連なっていた。

風に乗って子どもたちの楽しそうな笑い声が聞こえ、香ばしいソースや醤油《しょうゆ》の匂いが漂ってくる。人混みは苦手なひろだけれど、祭りの浮き足立った雰囲気にはやはり胸が躍《おど》った。

　拓己が傍に貼ってあったポスターを見て、ああ、と声を上げた。

「惜しいなあ、明日来てたら駈馬《かけうま》神事やったんや」

「明日が本番なの？」

「そうや。そこの広い参道を馬に乗って走って、その上でいろいろアクロバットなパフォーマンスをしはるんや」

　せっかくだから見たかったと、拓己は残念そうに言った。

「地元のお祭りなのに、拓己くんも知らなかったんだね」

「学校は近かったけど、こっちの祭りは、あんまり馴染《なじ》みあらへんから」

　藤森神社の前の坂をずっと上がると、ひろの通う深草大亀谷《ふかくさおおかめだに》高校がある。拓己も同じ学校に通っていた先輩なのだ。

　拓己は南の方――蓮見神社や清花蔵のある宇治川北岸の方を指した。

「あっちの方は、祭り言うたら御香宮《ごこうぐう》の秋祭りやいうことになる。で、この辺の子はたぶん藤森祭なんやろ。高校生の時にちょっとは遊びには来たけど……なんやろ、この辺はよその土地いう感じなんやろな」

「祇園祭《ぎおんまつり》とか葵祭《あおいまつり》は?」

京都の祭りといえば、ひろがぱっと思い当たるのはそれだ。拓己がゆるく首を振った。

「それこそよそさんの祭りやな。親父がお神酒奉納しに行って、あとは屋台目当てで宵山《よいやま》に遊びに行くぐらいや」

そういうものなのか、とひろは目を瞬《またた》かせた。拓己は他人事《ひとごと》のように肩をすくめた。

市内に住んでいる人と伏見に住んでいる拓己たちとでは、同じ土地に住んでいるはずなのに、妙な距離感があるとひろは思う。

拓己もひろのほかの京都の友人と同じように、三条《さんじょう》や四条界隈《しじょうかいわい》のことを『市内』と呼ぶ。

この土地は昔の区切りが明確に残っているような気がする。中心部とそれ以外とは違う土地のような印象を受けて、ひろはいつも不思議に思うのだ。

迷路のような屋台の間を子どもたちが駆け回る中、ひろはその姿を見つけて、思わず声を上げた。

「陶子《とうこ》ちゃん!」

屋台で水あめを買っていた、背の高い少女が顔を上げた。

「うわ、ひろやん」

砂賀《さが》陶子は、ひろの学校の友だちだ。黒髪のショートカット、明るくさばさばした性格で友人も多い。今日はTシャツにハーフパンツというラフな格好で、Tシャツの背には『陸上部』と漢字で大きく書かれていた。陶子は陸上部のエースだ。

陶子は後ろにいた友だちにひと声かけて、ひろのもとへ走ってきた。同じTシャツを着た女子が気さくに手を振っている。陸上部のチームメイトだろうか。

「いいの？　部活の友だちだよね」

「ええよ、後で合流するし。明日大会やから、みんなで必勝祈願しに来てん」

陶子がくるりと振り返った。その先には社《やしろ》がある。傍の柵にはたくさんの絵馬がぶら下がっていた。

「ここ、勝負ごとにご利益あるから、大会前は部活のみんなで来ることになってるんよ。まあ……馬の神社やから主に競馬に強いらしいんやけどね」

陶子はあっけらかんと笑った。

「でもこういうのは、絶対勝つって気持ちやもんね！」

ひろは陶子のこういう明るさが好きだ。友人がほとんどいなかったひろにとって、京都に来てから出会った陶子ともう一人の友人は、半年しか経《た》っていないけれどとても大切な人たちだった。

陶子が顔を上げて拓己を見ると、屋台の奥を指した。

「清尾先輩、兄ちゃんも来てますよ」

陶子の兄、砂賀大地《だいち》は、拓己の後輩でもある。

「奥の焼き鳥屋、知り合いのおっちゃんがやってて。兄ちゃんそこの手伝いです」

「何してんのや、あいつ」

拓己は呆《あき》れたようにため息をついて、ひろの方を向いた。

「ひろ、おれ神社にご挨拶《あいさつ》行って、大地んとこ顔出してくるわ。後で合流でええか?」

ひろがうなずくと、拓己は笑って背を向けた。

陶子が、ほう、と息をついた。

「やっぱり格好ええなあ、清尾先輩」

拓己は高校生の時、ひろと同じ大亀谷高校に通っていた。剣道部のエースであり、その面倒見の良さから同学年だけでなく先輩、後輩問わず慕われていたらしい。

陶子のように運動部に所属していると、いまだに拓己の話題が出るそうだ。

自分の知らない拓己のことを、人から聞くのは不思議な気分になる。拓己が慕われているのがうれしいような誇らしいような……そして少し寂しいような。

最近はよくわからない気持ちに振り回されてばかりだ。ひろは小さくため息をついた。

陶子がにやりと笑った。

「ごめんな、デート邪魔して」

ひろはきょとんとした。

「違うよ、陶子ちゃん。拓己くんが、お神酒の奉納があるから暇なら一緒に行かないかって、誘ってくれたんだ」

連休中、蓮見神社で手伝いばかりしていたひろにとっては、うれしい誘いだった。

「緑がきれいだからきっとわたしも好きだよって、拓己くんが言ってくれたんだよ」

蓮見神社にも小さな庭がある。花の散った桜から黄緑の若芽が伸び、厚く濃い緑に変化していく様や、つつじの桃色や白色がぽつぽつと咲いて、毎日花の数が増えていくのだとか。いつまで見ていても飽きない。

ひろがあまり遊びにも行かずに、連休を過ごしていたものだから心配してくれたのだと思う。

陶子はどうしてだか難しそうな顔で、ううん、とうなった。

「……これはまさかの、清尾先輩もえらい鈍感でした、っていうオチなんかな……」

ぶつぶつとつぶやいて、陶子はやがてはあ、と大きくため息をついた。

遠くで陶子を呼ぶ声がした。陸上部の子たちが大きく手を振っている。彼女たちはみんな陶子に似て、明るくてはつらつとしている。

そのうちの一人がぱたぱたと駆け寄ってきた。頭の後ろで長い髪をポニーテールにしている。陶子より背は低いけれど、同じようにすらっとした子だった。

「どうしたん、美緒《みお》」

美緒、と呼ばれたその子はあっち、と奥を指さす。

「卒業した先輩方が来たはる。挨拶行こ」

「ほんま？　すぐ行く——ごめん、ひろ」

陶子が、申し訳なさそうにひろの方を向いた。

「大丈夫だよ。拓己くんも戻ってくると思うし。あの、大会頑張って！」

陶子は大きくうなずいてひろに背を向けた。美緒と二人で何事か話しながら走っていく。

二人とも軽やかで、肩をぶつけてくすくすと笑っているのがとても楽しそうだった。

それが少しうらやましい。

ひろと陶子は友だちだけれど、陶子とあの子はきっと『仲間』だ。一緒に努力をして戦って、勝ったり負けたりする。

去年、学年の半ばから転校してきたひろは、部活に入るタイミングを逃した。コミュニケーションの輪が出来上がってしまったところに、後から入るのはとても難しい。

いいなあ、とひろは目を細めた。

二人を迎え入れる陸上部の仲間たちの輪には、初夏の空と青い若葉がよく似合った。


その夜、ひろは拓己とそのまま清尾家に向かった。

ひろの祖母、はな江《え》は忙しい人だ。はな江の帰りが遅くなる時、ひろは清尾家で夕食の相伴《しょうばん》にあずかることになっていた。

清尾家は昔ながらの造り酒屋、清花蔵を営んでいる。家は古い商家の造りで、表は店に、奥には母屋《おもや》が続いている。ひろと拓己は、そのまま十畳ほどの食事の間に上がった。

五月になって清尾家は少し静かになった。蔵人《くらびと》たちが常に行き来していた清尾家は、今は人の気配が薄い。ひろはぽつりとつぶやいた。

「やっぱり、ちょっと寂しい気持ちになるね」

「そうやろ。この時期は、おれもそういう気持ちになる」

台所からご飯のおひつを持ってきた拓己が、椀《わん》によそいながらそう言った。

四月末まで、ここは杜氏《とうじ》とたくさんの蔵人たちで賑わっていた。最後の仕込みを終え、清花蔵は今期の酒をすべて作り終わった。清花蔵の蔵人たちは半数以上が季節労働だ。それぞれが実家へ戻り、残った蔵人はみな通いで、時間がくると家に帰ってしまう。

仕込みの間清花蔵は大所帯になり、食事も大皿料理がどんどんと並ぶ。仕込み中は手が離せないからと、入れ替わり立ち替わり蔵人たちがやってくる光景は、ひろにとっては賑《にぎ》やかで騒がしくて、最初は慣れなかった。けれど不思議と、なくなってしまうと寂しいと感じる。

静寂に明るい声が割って入った。

「うちみたいに季節で来てくれはる人らも、珍しなってしもたけどなあ」

拓己の母、実里《みさと》だ。大きな盆の上には、ハンバーグの皿が四つ乗っている。少しふくよかな実里は、いつも明るくておしゃべりが大好きで、ひろをほっとさせてくれるのだ。

拓己が箸《はし》を配りながらうなずいた。

「今は寒造《かんづく》りだけやなくて、通年で仕込んだはるとこも多いからな。うちも四季でやったらええのに」

「――阿呆《あほ》。うちはこれでええのんや」

その後ろから、のし、と畳《たたみ》を踏む音がした。ひろが見上げると、拓己の父の正《ただし》が温和な笑顔を浮かべていた。

正は清花蔵の蔵元兼営業で、一見人当たりのいい柔らかな人だ。けれど半袖のシャツから見えている二の腕はがっちりと筋肉がついている。酒造りに携《たずさ》わる人の腕だ。

「ひろちゃん、今日は和風ハンバーグにしてみてん」

実里がハンバーグの乗った皿をひろの前に置いた。ほかほかと湯気を立てるそれには、刻んだ大葉と茗荷《みょうが》がたっぷり乗っている。

「こういうのは蔵人さんらいたはると作れへんしなあ。ひろちゃんも高校生やし、九月まではオシャレなご飯いっぱい作るし、楽しみにしといてや」

実里がくすくすと笑う。ひろもつられて笑った。

箸先でさっくり割れるハンバーグは、ほおばるとじゅわりと肉汁が染み出る。醤油とみりんの和風ソースが香ばしく、大葉や茗荷の薬味のさわやかな香りがさっと鼻を抜けた。

食事の片づけを手伝った後、ひろは縁側でぼんやりと空を見上げていた。もう七時半だというのに、まだ空には深い青みが残っている。日はずいぶん長くなった。

縁側からは清尾家の中庭が見える。玉砂利《たまじゃり》が敷かれた中に井戸があって、地下水をくみ上げるための手押しのポンプがついていた。

大きな石の受け皿に、ポンプの先からぽた、ぽたと雫《しずく》がこぼれ落ちてて波紋を描く。どれも同じ形にはならないのが面白くて、見入っていたひろの後ろから、拓己の声がした。

「……くそ、親父はわかってへんのや」

いつも優しい拓己には珍しく、険のある様子でひろの隣に腰かける。拓己が持ってきてくれた盆には、湯気の立つ煎茶《せんちゃ》が湯飲みに注がれていた。

拓己は清花蔵の跡取りだ。この春から経営に少しずつかかわり始めている。台所で正と、清花蔵の行く末について侃々諤々《かんかんがくがく》やっているのを、ひろは何度も聞いていた。

「まあええわ。なあひろ、蔵に庭作ることになったやろ。父さんがそれ、おれに任せてもええて言うてるんよ」

拓己の口調には、一転してうれしさがにじんでいた。

「すごいね、拓己くん」

拓己がこの蔵をとても大切にしていて、跡取りとして歩んでいこうと努力していることを、ひろは知っている。

そういう時ひろは、拓己が途方もなく遠くに感じることがあった。

拓己へのあこがれと彼の夢がかなっていくうれしさの裏側で、どうしたらその背に追いつけるのだろうかと、ちりちりと焦燥がひろの胸を焼く。

「……わたしも、何か手伝えることがある？」

「気にせんでええ。ひろは来年受験生やろ。遊ぶんやったら二年のうちやで」

そう言ってひろを気遣ってくれる拓己は、いつだって優しい人だ。

けれどいつからだろうか。その優しさが時々苦しい。どこか突き放されて一人で置いていかれるような気持ちになる。

ひろが拓己に気づかれないように小さくため息をついた時、足元でするりと何かがうごめいた気がした。足元で小さな白蛇《しろへび》が、鎌首《かまくび》を持ち上げてこちらをじっと見つめている。うろこはたっぷりと水を含んだように透き通り、目の金色は月と同じ色をしていた。

ひろは白蛇に手を差し出した。

「こんばんは、シロ」

「おう」

白蛇のシロは、赤い舌をちろりと出した。

人の言葉をしゃべる白蛇のシロは、ひろの幼いころからの友人だ。昔からこの地に棲《す》む水の神で、普段は白い蛇の姿をしている。けれど雨が降るとそうではないと、ひろも拓己も知っていた。

シロはひろの膝《ひざ》にするりと上った。妙に機嫌が良く、細い尾を右へ左へ振っている。ひろはその理由に思い当たって、うれしそうにシロに言った。

「昨日は楽しかったね」

「ああ、いい日だった」

拓己はぎゅっと眉を寄せた。心なしかシロがにやりと笑っているように見えて、小さく舌打ちをする。

「ひろ、昨日白蛇と何してたんや」

「お休みだったから、シロと宇治川を散歩したんだよ。そうしたらシロがつつじが生えてるところを見つけてきてくれたの」

シロは金色の瞳を、じっとひろに向けたまま言った。

「一昨日はひろと桃山《ももやま》の丘に行ったたし、その前は派流《はりゅう》を二人で歩いたんだ。連休とは悪くないな。ひろがいつも傍にいる」

シロがひろの手にそのうろこをすりつける。

「……ずっと、続けばいいのにな」

拓己は、反射的にシロをひろの膝の上からつかみ上げた。

「何をする跡取り！」

拓己はこぼれそうになったため息を、なんとか飲み込んだ。

シロは、拓己たちの理《ことわり》ではははかりしれないものだ。この金色の瞳がとろけるように甘くひろに向くのが、拓己には恐ろしくてたまらない。

いつかどこか遠くへ、ひろを連れていってしまうようなそんな気がするからだ。

2

連休が明けてしばらく経っても、クラスは気だるい雰囲気に満ちていた。先生も生徒もいまいち授業に身が入らず、時間がゆったりと流れているように感じる。

ひろは窓際の席で、教科書を広げたままぼんやりと外を見つめていた。

二年生の教室からは中庭がよく見える。桜の木が青々とした葉を茂らせて、風が葉を揺らすとぱっとムクドリが飛び立った。窓からじわりと差し込むあたたかな五月の光が心地よくて、ひろはうっとりと目を細めた。

「――ひろ」

声をかけられて、ひろははっと我に帰った。

「もう授業終わってるよ。ご飯食べへん？」

黒く艶《つや》のある髪を長く伸ばした少女が、ひろを見てくすくすと笑っている。西野椿《にしのつばき》は、京都でできたひろのもう一人の友人だ。白く小さな顔に赤い唇で、学内では『椿小町《つばきこまち》』の名をほしいままにしていた。

ひろはあわてて開きっぱなしになっていた教科書を閉じた。

「……ごめん。桜の木が青くてきれいだなって……」

またやってしまった、と身を小さくする。一度夢中になるとずっとそれに引き込まれて、時間もなにもかもどうでもよくなってしまう。ひろの悪い癖だ。

椿がひろの横から窓の外を見つめた。

「ふふ、わかるわあ。今日もええお天気やし、この時期の葉っぱて、淡い緑から急に色がぐっと濃《こ》うなってきれいやんなあ」

ふんわりと笑う椿に、ひろはほっとした。

「陶子ちゃんが待ってるよね、行こう」

二年生のクラス替えで、椿は同じクラスに、陶子は隣のクラスになった。覚悟はしていたものの、ひろは発表の後で涙目になるぐらいに寂しかった。それで陶子は、昼休みに時々、一緒にお弁当を食べる約束をしてくれたのだ。

中庭にあるベンチで陶子が待っていた。ぶんぶんと大きく手を振ってくれる。

「ひろ、椿、こっちあいてた！」

その姿を見てひろは、あれ、と思った。何かがおかしい気がしたのだ。いつもの陶子らしくない。

三人並んでお弁当を広げ終わったころ、ひろはようやくその違和感の正体に気がついた。

「陶子ちゃん、今日はジャージはいてないんだね」

陶子の制服のスカートの下からは、しなやかな足が伸びている。黒のハイソックスに上履《うわば》きが続いていた。いつもはスカートの下に、すぐに着替えられるようにとジャージやハーフパンツをはいているから、妙に思ったのだ。改まった式以外では珍しい。

陶子は一瞬、虚を衝かれたように動きを止めた。

「ああ……今日は練習行かへんから」

え、と声を上げたのは椿だった。

陶子は陸上部のエースだ。練習と部活を何より大切にしていて、お弁当を食べた後はいつも昼錬、放課後は毎日練習のはずだった。

別にええやん、と陶子は何かをごまかすように笑った。

ひろは椿と目を合わせた。いつも明るくてはっきりとしている陶子が、こういう風に曖昧《あいまい》に笑うのはとても珍しい。

ひろは、胸の内にじわりと不安がにじむのを感じた。

「――なあ、二人は進路どうするん?」

陶子が唐突にそう言った。強引に話をそらしたようにも思えた。

連休前、二年生に進級したひろたちには一枚の紙が配られた。進路希望票だ。大亀谷高校は、全生徒が大学や短大、専門学校などに進学することを目標にしている。

つまり進路希望票とは、どの学校に進学するか連休中に親と話しなさい、ということだった。

椿は少し考え込んだ。

「うちは、やっぱりお母さんみたいな仕事したいから。大学行ってもうちょっと勉強して、それからやなあ」

椿の母は静秋《せいしゅう》という号を持つ書道家だ。椿自身も母のもとで書道の道を進んでいる。

陶子がひろの方を見た。

「ひろは、連休中、東京に帰らへんかったんやろ?」

ひろは目をそらすようにしてうなずいた。

進路の紙には保護者のサインが必要だ。ひろの父は海外で仕事をしているから、こういうものは東京の母に相談することになる。

ひろは連休中に一度、母に連絡をした。高級アパレルブランドのバイヤーとして働く母は、連休は人手の足りない現場に駆り出されているらしい。きびきびとした母の声と、後ろで聞こえる忙しそうな喧騒《けんそう》におびえて、ろくな話もできずに電話を切ってしまった。

ひろも進みたい先を考えている。ひろの心を見透かすように、陶子がぽつりと言った。

「ひろは、蓮見神社を継いだりせえへんの？」

「……それも考えてるんだ」

母は蓮見神社を継がないだろう。京都に戻ってくるつもりもないはずだ。母がこの土地を好きではないことはひろも知っている。

京都は水の都だ。

北には水神を祀《まつ》る貴船《きふね》神社、南北を鴨川が、東西を宇治川が流れる。地下には豊富な地下水をたたえ、水にかかわる仕事も多い。紙屋、染物屋、造り酒屋に仕出し屋。

何か起こった時はみな、こういうのだ。

――水のことは、蓮見さんへ。

ひろの祖母は、水にかかわる相談事をあちこちから請け負っている。蓮見神社は代々、そういう家系だ。

だが神社を継ぐというのはどうも簡単にはいかないらしい。資格が必要な場合もあるし、女性宮司というのも今はまだ門戸が狭い。

そう言うと、陶子がうなずいた。

「じゃあひろが跡を継いで、お婿《むこ》さんもろたらええやん？　蓮見神社は婿取りの家系やて前に言うてたし」

ひろは、ううんと首を傾げた。

「でももしそうなったとしたって、そういうのって……相手との相談じゃないかな」

相手、と言っておいて、ひろはなんだか顔が熱くなるのがわかった。いわゆるコイバナは、ひろにとってはまだ苦手分野だ。

「確かに、しっかり考えとかんとあかんと思う」

陶子が急に姿勢を正してひろの顔をまっすぐ見つめた。妙に真剣な雰囲気で、何度も首を縦に振る。

「例えば、ひろの将来のお相手もすごい老舗《しにせ》のお店の跡継ぎで、自分ちを継がなあかんて可能性もないではないやん？　そしたらややこしい話になるやんな」

陶子の目が、じっとこちらをうかがっている。椿がその隣でうんうんと神妙にうなずいていた。

ひろは、きゅっと眉をひそめた。

そうか、そういうことも考えなくてはいけない。そもそもまだ跡を継ぐと決めたわけでもないし、将来的に誰かと恋をしたり結婚したり、そういうこともまだ想像がつかない。

それ以上に、祖母のように四六時中誰かとかかわり続ける自信が、ひろにはまだなかった。

ひろは、ふうとため息をついた。

「……進路って、進路以外に考えることいっぱいあるね」

まるでこの先の人生を、ここで決めてしまわなくてはいけないみたいだ。

ふ、と拓己のことを思った。拓己が同じ高校生だったころ、自分の進む先にはきっと迷わなかったのだろう。

そう思うとここでぐるぐる悩んでいる自分が、情けなく思える。

椿が苦笑した。

「大学とか行ってから考えても遅ないし、別に無理して進学もせんでもええんよ」

陶子がとん、と背中をたたいてくれた。

「ごめんひろ、焦らせたな」

椿が顔を上げた。

「陶子は？」

「あー……うん」

陶子が、複雑そうに言った。

「うち、このままやったら来年、西ノ宮《にしのみや》大学の推薦《すいせん》もらえるかもしれへん」

ひろは声を上げた。

「すごいよ、陶子ちゃん！」

西ノ宮大学といえば、現役のオリンピック選手が在学していたり、国指定の強化施設があるスポーツの強豪大学だ。陶子はあわてて手を振った。

「まだわからへんのやって。でも先輩が卒業したら、陸上部はうちが部長やて言われた。それで、今年と来年ちゃんと結果出したら……」

そうしたら、と陶子が熱に浮かされたように宙に視線を投げた。

「──そしたら大学行っても、ずっと走ってられるやん」

その一瞬、陶子は本当にうれしそうに笑った。ひろは思わず見とれてしまった。きっと陶子にとって、走ることは特別なことなのだ。

けれど陶子は、すぐに視線を落として唇を結んだ。何かを諦《あきら》めたように唇の端だけで笑う。

「……まあ連休の大会は、結果出えへんかったんやけどな」

ひろの胸にさっきの、ちり、とした不安がぶり返した。

勝ち気で勝負ごとにも熱い陶子は、負けると燃えるタイプだ。こんな風に諦めたみたいに笑ったりなんて絶対しない。

──やっぱり今日の陶子はらしくない。

ひろは思わず口を開いた。

「陶子ちゃん……あの……」

ひろの言葉を遮《さえぎ》るように、陶子は腕時計を見て立ち上がった。

「時間やし、教室戻ろうや」

陶子はひろと椿に笑顔を見せて、そのまま背を向けた。あわてて陶子の後を追おうと、ひろが立ち上がった時だ。

――はやく。

小さな声が聞こえた。

ひろはぴたりと立ち止まった。目を瞬かせる。ふいに――その視界の端を何かが通り過ぎた気がした。

あたりを見回す。中庭には桜の木と渡り廊下、それから鯉《こい》の泳ぐ池がある。

――はやく。

池だ。ひろはじっと水面《みなも》に目を凝《こ》らした。

揺らめく水面にはのぞき込んでいるひろと、前を歩く陶子がうつっている。

池にうつった陶子の傍を、しゅっと黒い線が走り抜けた。

「……えっ!」

あわてて顔を上げた。陶子の傍には何も見えない。その声だけをひろの耳がひろった。

——もっと、遠くへ。ずっと遠くへ——!

小さな男の子の声だった。幼く、力強くてはじけるような明るさに満ちている。

「ひろちゃん?」

椿の不思議そうな声で、ひろは我に返った。

椿も陶子も急に池に駆け寄ったひろを、不思議そうに見つめていた。ひろはあわてて顔を上げた。

この声はひろだけに聞こえている声だ。

ひろには、人ではないものの声を聞く力がある。それはしばしば不思議な事件を解決するきっかけになった。ひろの持つもう一つの力と合わせて、祖母はひろのそれを『水神の加護』と呼んだ。

陶子と椿を追いかけながら、ひろは池を振り返った。もうそこには何もうつっていない。

池にうつり込んだ黒い線を思い出す。

あれは確かに陶子の傍を飛び、そして陶子に話しかけていたように思った。

夕方からはらはらと雨が降り出した。五月の雨は軽く、わずかな風に吹かれて細かく散っていく。

学校から戻ってきたひろは、着替えて清尾家へ向かった。今日も清尾家で夕食の日だ。ついでに声のことも拓己に相談できればいいと思っていた。

ひろが台所に顔を出すと、実里が大量の白菜とにらを刻んでいた。そのほかに大葉やねぎ、桜えびとたくさんの具材が並んでいる。

ひろに気がついて、実里が顔を上げた。

「ひろちゃん、おかえり。そのうち拓己も帰ってくるわ。今日は餃子《ギョーザ》にしよ思うてな。蔵人さんらがいたはると手間かかるから作らへんのやけど。この時期だけのお楽しみなんよ」

実里が楽しそうに笑った。明るくておしゃべりと料理が好きな実里は、いつもひろをあたたかい気持ちにしてくれる。

いつもの食事の間で宿題を広げていると、廊下で足音がした。拓己が帰ってきたのだろうかと腰を上げる。

「おかえ――」

　障子《しょうじ》が開いた先に別の人がいて、ひろは目を見開いた。

「あれ、ひろちゃん来てたんや」

　短い髪を明るい茶色に染めた青年が立っていた。拓己の後輩で陶子の兄でもある、砂賀大地だ。

「あ、えっと……大地さん、こんにちは」

　ひろはあわてて頭を下げた。人見知りのひろにとっては、大地のいかにも大学生という外見に緊張する。拓己のいない時に大地に会うのも初めてだった。

　ひろが一瞬視線をきょろきょろさせたのを見て、大地が笑った。

「清尾先輩やったら、一回部屋行くて。そのうち下りて来はると思うわ」

「そうですか……」

　大地はふと目を泳がせた。

「あの、おれ今日は清尾先輩に、教えてもらいたい講義の内容があって。それで家に来さしてもろて」

　突然妙な言い訳を始める大地を、ひろはきょとんと見つめた。しばらくためらった後、大地は声をひそめてひろに問うた。

「……ひろちゃん、あのな。陶子のことなんか知らへんやろうか」

ひろは胸の奥がざわつくのを感じた。昼間の陶子の様子がおかしかったことも、声が聞こえたことも、もしかしたら関係があるのかもしれないと、ひろは身を乗り出した。

「陶子ちゃんがどうかしたんですか？」

「いや……」

大地はぐしゃりと髪をかき混ぜて、そっぽを向いた。

「なんかあいつ最近調子悪そうやから、学校でなんやあったんやろかて。たまたまひろちゃんがいたから、聞いてみよかなあて思うただけや」

大地の視線があちこち泳ぐ。ひろはなんだかくすりと笑ってしまった。ひろと同じで、この人もきっと、隠しごとが上手ではない。

もしかすると大地は、拓己ではなくひろに会いに来たのかもしれない。妹の様子がおかしいことが、心配だったのではないだろうか。

そう思っていると、大地の後ろから拓己の低い声がした。

「――ひろが来る日や言うたら突然、うち来る言い出したんやもんな。そういうことか」

「うわっ、先輩」

拓己がすっと目を眇《すが》めた。

「お前がひろに妙なこと言うようやったら、宇治川に叩き込んだろうかと思うてたけど。

いや、杞憂《きゆう》でよかったわ」

「いややな先輩……おれがひろちゃんに何する思てはったんですか」

大地が、ひくっと頬《ほお》をひきつらせた。やがて拓己がため息をついて、大地に座るように促した。

「素直に妹のことで、ひろに用がある言うたらええやろ」

「……すいません」

拓己がひろの横に座り込んで、大地を見やった。

「それで、妹がどうかしたんか？」

大地が顔を上げた。その顔がどこかほっとしたのが、ひろにはわかった。

拓己もきっと、わかったうえで大地を連れてきたのだ。たぶん大地が本当に困っているのだと知ったから。拓己はそういう人だ。誰にだって手を差し伸べる。だから拓己の周りにはたくさんの人が集まるのだ。

大地がわずかに眉を寄せた。

「……あいつ連休の大会で、途中棄権したんすよ」

ひろは驚いて目を見開いた。大会で結果が出なかったとは聞いている。けれど陶子は一言も棄権なんて言わなかった。

「四百メートルの最中に転んで、右足ひねったらしくて。それでドクターストップってやつで」

「陶子ちゃん、ケガしたんですか⁉」

ひろは思わず跳ね上がるように立ち上がっていた。

そんなの陶子は言わなかった。足だって普通に歩いているように見えたけれど、もしかしたら我慢していたのかもしれない。

ひろの胸の中を、不安がぐるぐる渦巻く。

大地は、苦笑してひらひらと手を振った。

「大丈夫やて。結局軽いねんざで、医者もシップ貼っといたら治るて言うてた」

ほう、とひろは肩の力を抜いた。まだ心臓が嫌な感じにどくどくと鳴っている。拓己がひろの腕を軽く引いた。

「座り。大丈夫やて」

力が抜けたように、ひろは拓己の傍に座り直した。あたたかいお茶を一口飲む。跳ね上がった心音が、ゆっくりと落ち着いていくのを感じた。

ひろの様子を見て、拓己が話の先を促した。

「大事ないんやったらよかった。もう走れるんか？」

「そこなんですよ。医者からもう平気や言われてんのに……最近部活も行ったり行かんかったり。全然走ってへんみたいで……」

毎日欠かさずやっていたトレーニングも最近はさぼりがちだと、大地が苦々しく言った。

「あいつ勉強も得意やないし兄貴にひどい口きくし、ろくな妹やないんですけど。でも陸上だけはすごい好きやから」

大学でもずっと走ることができるかもしれないと言った陶子の、あの瞳を思い出すだけで、ひろの胸にも熱が広がるような気がする。走ることへの陶子の情熱は本物だ。

「……ほら、鬼の霍乱《かくらん》やないかて、お袋とか親父とかが心配してるんすよ」

まるで自分は何でもない、という風に取り繕《つくろ》った後、大地は自分の髪をぐしゃりとかき混ぜた。憎まれ口の端々から、大地が陶子を心配していることが伝わってくる。

ひろはそんな大地を見つめて言った。

「陶子ちゃん、昼練も出てないみたいで。……椿ちゃんも気にしてるんです。何かおかしいのはわかるのに、何にも聞けてなくて……」

大地は苦笑した。

「あいつが話さへんのやろ。あのバカ妹、無駄にプライド高いからなあ。……心配してくれてありがとうな」

結局原因もわからないまま、大地は少し肩を落として清尾家から帰っていった。その背を見送って、ひろはため息をついた。

「明日、陶子ちゃんに聞いてみる。陶子ちゃんが無理してないか心配だよ」

夕食の準備を始めていた拓己が、少し考えるそぶりを見せた。

「大地もやけど、たぶん陶子ちゃんも、あんまり自分のことに踏み込まれたくない性格なんやな。似たもの兄妹《きょうだい》やと思うわ」

どうすれば陶子の心に近づくことができるのだろう。それればかりが、ひろの頭の中をぐるぐると回り続けている。

その夜、窓にあたった雨がぱちぱちと弾ける音を聞きながら、ひろは自分の部屋で机に向かっていた。目の前には進路希望の紙がある。決めてしまわなくてもいいから、何か書かなくてはいけない、と思ったのだ。

机の端に置いたスマートフォンをちらりと見つめた。

母と相談しなくてはいけない。母は、ひろに東京に戻ってきてほしがっていると、ひろは気づいている。

ひろが東京にいた頃、母が挙げていた東京の大学の名前を、第一希望と第二希望の欄に書いてみた。関西圏以外の志望校の場合は、横に都道府県名も記入することになっている。二つとも東京都と書いた。

これでサインだけもらって、もう一度考え直しますと先生に言おうか。

少しずるい考えが頭の中をちらついた。

その時、ひろの後ろから白い手が伸びて紙をつかんだ。ぐしゃりと音を立てるように、その大きな手のひらの中で、白い紙が握りつぶされる。

「——戻るのか、ひろ?」

どろりと溶けるような、甘い声が聞こえた。

振り返ると青年が立っていた。肩までつくほどの白い髪に、蓮《はす》の花の模様の入った薄藍《うすあい》の着物を着ている。細く眇められた目に、月と同じ金色の瞳が光っていた。

「シロ……」

白蛇のシロは、雨が降ると人の姿になることができる。

片手が机に、もう片手は椅子《いす》の背をつかんで、シロはひろに覆いかぶさるようになっていた。

ひろはあわててシロの手から紙を取り返した。

「だめだよシロ、これ一枚しかないのに」

無残に皺《しわ》が入った紙をなんとか伸ばしながら、ひろはむっと唇を尖らせた。

「……東京に戻るのか」

見上げるとシロの金色の瞳が不安定に揺れている。この美しい人はひろがいなくなるのをいつも恐れている。

「お母さんを説得するために、とりあえず書いてみただけだよ」

「無理だろう、ひろには。嘘《うそ》が苦手だ」

う、とひろはうつむいた。とりあえずとか、ちょっとごまかすとか、ひろには向いていない。面と向かって話すことすらできないのに、ごまかしてみようなんておこがましいにもほどがあった。

「そうだね……」

シロが一つため息をついた。おもむろにひろの筆箱を逆さにひっくり返す。ガシャン、と音がして中身が机の上に散らばった。

「ちょっとシロ！」

「ほら」

シロは散らばったその中から、消しゴムを見つけてひろに手渡した。

「それはこれで消えるんだろう」

押しつけられるように、手のひらに握り込まされる。

「消すけど……シロ、ちょっとどいてほしいな。狭いし」

シロの片手は机の上、もう片手はまだひろの椅子の背にある。両腕の中に閉じ込められたままでは体も動かしにくい。

「嫌だ」

シロは頑としてその手を動かさなかった。ひろは諦めて机に向かう。これだけ近いのに、シロからは体温をほとんど感じない。けれどシロからはいつも、冷たくてほんのり寂しい気配がする。

ひろが『東京都』の最後の一文字まできれいに消すのを見届けて、シロはようやく机と椅子についた手をどけてくれた。

「まだ二年生だし、京都とか東京とか、簡単には決められないよ」

ひろはなんだか言い訳がましいと思いながら、椅子から立ち上がった。いつもの棚をのぞき込んで、今日は何があったかなと確認する。シロが訪ねてきた時用に、そこにはいつもお菓子を置いてあるのだ。

ひろは小さな皿の上に、祖母にもらってとっておいた金平糖《こんぺいとう》をざらりとあけた。抹茶《まっちゃ》と和三盆《わさんぼん》と黒糖の、三種類の味がある。

シロはまだ不安そうに、ひろの一挙手一投足をじっと見つめていた。なんだか最近、大きな犬になつかれたような気がする、とひろは思う。

ひろが傍の畳に座ると、シロはようやく安心したように、皿の上の金平糖に手を伸ばした。

ひろも一つ口の中に入れる。ほろりと溶けるそれは、抹茶のほのかな香りと上品な甘い味がした。

シロは白い指先で金平糖をつまんで、電灯にかざしてじっと見つめていた。シロは人の手で作られた美しいものが好きだ。

満足そうに眺めまわした後、金平糖を口に放り込んでいるシロを見て、ひろは言った。

「そうだ、シロが来たら、聞こうと思ってたことがあるんだ」

「おれに？　そうか。なんでも聞くといい」

シロはどこかうれしそうにうなずいた。それがますます大型犬じみていると、ひろは軽く首を横に振った。

ひろは陶子の傍を走り抜けた小さな影のことと、その時に聞いた声のことをシロに聞いた。結局大地のことがあって、拓己に話すのをすっかり忘れていたのだ。

友だちのことだと言うと、途端にシロが不機嫌そうに眉をひそめた。

「なんだ。そんなもの放っておけばいい」

どうでもいいとそっぽを向いてしまう。

それきり、ふてくされたように金平糖を口に放り込んでいるシロを、ひろはじっと見つめた。

「……陶子ちゃんに、何かあるのかもしれない」

シロがちらりとひろの方を向く。

やがてその視線に耐えかねて、シロがため息をついた。

「……ひろが声を聞いたんだろう。でも、今ひろからはほとんど何の気配も感じない。だからそいつはひろにもほかのものにも興味がない」

シロがひろの腕を持ち上げた。シロはひろに近づくものにひどく敏感だ。

だから、あの声は陶子だけに向けられている。

その声をひろうことができるのは、ひろが『水神の加護』を持っているからだ。蓮見神社に代々継がれてきた血より——祖母よりずっと強い力で人ではないものの声を拾う。

シロの金色の瞳が、すう、と細くなった。

「興味を持たれても困るんだがな」

ぱしゃりとどこかで、水が跳ね上がった音がした。

ひろは、机の上に置いたままになっている進路希望の紙を見た。

水神の加護のもう一つの力は、幼いころからひろをずっと守ってくれていた。何か怖いことがあった時に、水がずっとひろを守ってくれていたのだ。

ある日、泣きじゃくるひろに応《こた》えて家を水浸しにしたそれがきっかけで、母はひろを京都にあずけた。

京都にやってきて、この土地でようやく一つひとつ進み始めている。けれどまだ目の前のことで精いっぱいで、何年か後のことをひろはまだうまく想像できない。

いろいろなことが心に重たくのしかかって、ひろは深くため息をついた。

3

次の日の昼休み、ひろと椿がいつもの中庭に向かうと、待ちかまえていたように、陶子がぱん、と顔の前で手を合わせた。

「ごめんな、ひろ！　昨日うちの兄貴が、阿呆なこと言いに行ったみたいで」

ひろは面食らってしまった。陶子に理由を聞きたいと思っていたのに、出鼻をくじかれた形だ。陶子は腰に手をあてて、小さく舌打ちをした。

「昨日の夜、兄貴がなんやもごもご言うてくるから問い詰めたら、清尾先輩んちでひろになんか聞いたて言うから」

あのバカ兄貴、とつけ足すあたり、やはり大地と陶子は兄妹だ。

「余計なことしてひろと清尾先輩に迷惑かけんないうて、昨日からマジの大喧嘩《げんか》中」

ひろはあわてて顔を上げた。自分のせいで陶子と大地の仲が悪くなってしまったりするのだろうか。ぎゅっと胃が痛くなって、ひろはあわあわと言い募った。

「喧嘩って……！　ごめん……！」

陶子は苦笑してベンチに座った。

「ひろは全然悪ないて。兄ちゃんと喧嘩なんかいつものことやし。だいたいわたしが、二、三回蹴《け》って終わりや」

椿がその横に座りながら、うわっという顔をした。

「陶子の鍛えに鍛えた足で蹴られるやなんて、お兄さんも気の毒やわあ……」

「兄ちゃん絶対反撃してこうへんもん。小さいころはよく取っ組み合いしたけど。兄妹喧嘩なんてこんなもんとちがうん？　――あ、ひろも椿も一人っ子や」

陶子がお弁当を広げ始めて、ひろはこれはまずいと思った。このまま話をはぐらかされてしまう流れだ。陶子はひろよりずっと交友関係が広くて、人との付き合いも上手だ。そういうところは少し拓己に似ている。

ひろが焦っていると椿があっさり話を戻した。

「それで大丈夫なん、陶子。ひろちゃんに、大会でケガしたらしいて聞いたけど」

ひろは思わず陶子の足首に視線を落とした。包帯もないし腫《は》れてもいない。少しほっとした。

「大丈夫やて。お医者さんもなんともないて言うてくれはったし。今日からちゃんと部活も出るし。心配かけてごめんな」

陶子のまぶしいほどの笑顔を見て、ひろはどきりとした。

――ああ、今線を引かれた。

これ以上踏み込むな、と言われたように思えて、ひろはうなずくしかなかった。

ひろは椿を挟んで座ると、ぎゅっと唇をかみしめた。今日も陶子はジャージをはいていなくて、本当は部活も休むつもりだったのかもしれない。

椿はいつもみたいにおっとりと陶子の話を聞いて、時々笑って、ひろにも促してくれた。引かれた線の向こう側に、足を踏み入れないことだって優しさだ。陶子はきっとそれを望んでいて、椿はその距離感を正しく理解している。

けれど、ひろはそんな上手にはできない。

どうしたって、陶子がその笑顔の裏に隠してしまったものの正体が、不安で不安で仕方がないのだ。

放課後、部活に行ってしまった椿を見送って、ひろは一人でぽつりと廊下を歩いていた。空は重い曇天《どんてん》で、雨が降ったりやんだりの天気が続いている。窓から見えるグラウンドでは、たくさんの部活が活動を始めていた。

あの中に陶子もいるだろうか。ふと気になって、ひろは足を速めた。中庭を抜けてグラウンドに出る。古いグラウンドは水はけが悪く、あちこちに水たまりができていた。

陶子はグラウンドにいた。四百メートルトラックの端で、いつものジャージとTシャツ姿で立っている。バインダーを抱えて、手にはストップウォッチのストラップを二、三本引っかけていた。

何人かの部員が陶子の傍にやってきては、話し合ったり、時々笑い合ったりしている。声は聞こえなくても、陶子が後輩からも先輩からも慕われているのがわかった。

陶子は次の部長になるかもしれないと言っていた。みんなの先頭に立って周りを支えながら引っ張っていく立場は、陶子に向いている。

すごいなあ、と少し誇らしくなって、ひろはふと顔を上げた。

でも——そうしたら陶子は誰を頼るのだろう。

視線の先で陶子はずっと笑っている。明るい笑顔でつらいことなんて何もない、とそう言わんばかりに。

——ああそうなのか。陶子があんな風に笑って大丈夫だと示すのは——誰かへ手を伸ばす方法を知らないからなのかもしれない。

陶子が顔を上げた。ひろと目が合って少し苦笑したようだった。チームメイトに軽く手を振って、こちらへ走ってくる。

「どうしたん、ひろ。グラウンドに用事て珍しない？」

「あ……」

ひろはあわてた。これでは、陶子が部活に出たかどうか確認しに来たみたいだ。おせっかいだとか、うっとうしいとか思われるかもしれない。

ひろは言い訳も思いつかないままうなだれた。

それを見て、陶子が少し笑った。

「なんか兄ちゃんが余計なこと言ったせいで、ひろに気ぃ使わせてるんやんな。ほんまごめん、わたし大丈夫やからさ」

ひろはぱっと顔を上げた。

そんな風に笑わないでほしい。

もどかしくてたまらない。

けれど陶子が抱え込んでしまっている何かを、陶子を傷つけずに聞くだけの力だって、ひろはまだ得ていないのだ。

うつむいたひろの視界に、曇天の空をうつしだす水たまりが広がっている。

水にうつったその空を——何かが切り裂いた。

——はやく！

ひろは目を見開いた。あの声だ。幼い少年の声が聞こえる。

急にあたりを見回し始めたひろに、陶子が首を傾げて問うた。

「どうしたん？」

——はやく、もっとたかく、もっとはやく、もっととおくへ！

水たまりにうつる陶子の傍を、くるくると飛び回っているものがいる。ひろはようやくそれをとらえた。

燕だ。

小さな黒い燕が、水たまりの中で陶子の肩口から空に向かって一気に駆け上がる。空からくるくると旋回しながら降りてきた燕は、陶子の傍で一瞬動きを止めた。

その瞬間、ひろには空気を裂く片方の羽に、赤い線が入っているのを見た。

「……なんで」

ひろは陶子がつぶやくのを聞いた。

振り返った先で、陶子が水たまりを見てわずかに目を見開いていた。

うつり込んだ水面にしか存在しないあの燕は、人の理でははかれない何かだ。けれど、陶子の視線の先は確かにその燕に向いている。

「……わたし部活戻るな」

陶子はひろに背を向けた。その瞬間の陶子の瞳が、動揺に揺れていたように見えた。

もしかしたら陶子は、あの燕を知っているのかもしれない。

仲間のところへ戻っていく陶子の背を、水たまりの中の小さな鳥が追っていく。

――はやく。もっと……！

この声は陶子の背を押したがっている。それでも声が届かなくて。もどかしくてたまらない。そういう風に聞こえる。

陶子はグラウンドの向こうでタイムを計り始めている。きっと今日も走らないつもりだ。

椿や陶子や拓己のように、ちゃんと地に足のついた優しさを、ひろはいつか手に入れなくてはいけない。

——だったらわたしは、陶子ちゃんのために何ができるのだろう。

陶子の傍を離れようとしない水たまりの燕を見つめて、ひろは手のひらを握りしめた。


駅から走って帰ったひろは、制服も着替えないまま拓己を訪ねた。拓己は三年生になってから、授業が午前で終わる日を何日か作った。今日はその日だったはずだ。

迎えに出てくれた拓己を見て、ひろは一瞬目を見開いた。拓己は細身の暗い色のデニムに厚手のジャケットというでたちで、大学に行く時より改まった格好をしていたからだ。手にファイルとタブレットを持っているのを見て、ひろはさっと顔色を変えた。

「拓己くん、お仕事中だった？」

「ええよ、もう終わったし。さっきまで業者さんが来てくれたはって、蔵に庭造るいうてたやつの打ち合わせやったんや」

それより、と拓己がひろの格好を上から下までざっと見た。

「どうしたんや血相変えて。着替えてへんて珍しいな」

「大地さんに会えないかな……わたし陶子ちゃんの家もちゃんと知らなくて」

途端に拓己の眉が、ぎゅっと寄った気がした。

「……大地に？　ひろが？　……なんでや？」

ひろはぱちりと瞬きをした。その顔を見て拓己が、ああ、とつぶやいた。

「陶子ちゃんか」

「え、うん……そうだけど……」

「そうやったらええけど」

拓己がほっと息をついた。何だったらだめだったんだろうか。不思議に思ったけれど、それどころではないと首を振る。

拓己がスマートフォンを取り出した。

「大地やったら今日バイト休みやて言うてたし、家に戻ってると思うけど。行くか？」

ひろはわずかにためらって、意を決したようにゆっくりとうなずいた。

「伏見やし京阪《けいはん》やな。ひろどうする？　着替えるんやったら待ってるけど」

拓己がスマートフォンでメッセージを送りながら言った。ひろはきょとんと首を傾げた。どうも拓己もついてきてくれるらしい。

「わたし一人で大丈夫だよ。家の場所だけわかれば、あとは自分で行ける……と思う」

本当は一人で人の家を訪問するのは、人見知りのひろにとってはまだ勇気がいる。けれど拓己には拓己の仕事があるから、邪魔をするのは気が引けた。

拓己が眉をひそめた。

「……男の家に一人で行くんは、あかんやろ」

「でも陶子ちゃんちだよ。用事があるのは大地さんだけど」

「陶子ちゃんには会うつもりあらへんのやろ。わざわざ陶子ちゃんやなくて大地に家の場所聞くんやから」

「……そうだけど」

こういう時、拓己は察するのが早い。ひろがもごもご言っている間に、拓己はさっさと準備を終えてしまったようだった。

「ほら、急ぐんやろ」

ひろはあわてて、拓己の後を追った。

京阪中書島《ちゆうしよじま》駅から電車に乗って、伏見稲荷駅まで行く途中、ひろは陶子の傍を飛ぶ燕と、聞こえた声について拓己に話した。ひろが自分からこの声のことを話しているのは、祖母と拓己だけだ。

「それでその燕のこと、大地が知ってるかもしれへん思たんか」

ひろはうなずいた。

「椿ちゃんは、陶子ちゃんが気を使わないように、上手に話を聞いてあげてて、わたしにはできないと思ったんだ」

だから、とひろは顔を上げた。

「わたしも陶子ちゃんのために、何ができるか考えたい」

京阪の伏見稲荷駅は、観光客でごった返していた。駅前から東に向かうと、稲荷大社への参道が続いている。左右には土産物《みやげもの》屋が軒《のき》を連ねているが、この時間は観光地らしくあちこち店じまいが始まっていた。

その土産物屋の並びに、砂賀陶磁器店はあった。普段は観光客に茶わんや皿を売る傍《かたわ》ら、大社で扱っている置物なども作っているらしい。

拓己が店構えを見上げてつぶやいた。

「陶磁器いうか、ほとんど土産物屋やな」

店内はずいぶん雑多な印象だった。肝心《かんじん》の陶磁器は店の隅《すみ》へ追いやられ、八《や》ツ橋《はし》やバームクーヘンなどのお菓子類と、鳥居の置物や狐《きつね》の面が所せましと並んでいる。

ひろがすみません、と声をかけようとした時だった。

店の奥から、甲高い声が響いた。

「――兄ちゃんのアホ！」

陶子の声だ。ひろと拓己は互いに顔を見合わせた。なおも言い募る陶子の声に、大地の声がかぶさるように響く。

「誰がアホや！　大して頭の出来は変わらへんやろが。だいたいお前がな——」

ガシャン、がつんっ、と続けざまに音が響いて、ひろはびくっと肩を跳ね上げた。

「痛《い》ってエっ！」

大地の悲鳴が続いたと思ったら、店の奥から誰かが走り出してきた。振り返って奥に向かって叫ぶ。

「わかったふりすんな、クソ兄貴！」

陶子だ。部活から帰ったばかりなのだろう。陸上部のTシャツとジャージのままだ。右手に持っていたシューズを店の真ん中に放って、せわしなく足を突っ込んだ。

ひろと顔を上げた陶子の目が合った。

「……ひろ」

よほど驚いたのだろう。陶子の目がこぼれ落ちそうなほど見開かれている。

ひろも陶子の顔を見て息をのんだ。

陶子が泣いている。いつも明るい陶子の両目から、ぽろぽろと涙がこぼれていた。

それに気づいた陶子が、目元をぐいっと自分の腕で拭《ぬぐ》った。赤くなった陶子の目がひろをまっすぐとらえる。

「そこ、どいてや」

今まで見たことのないほど余裕のない目だ。通路をふさいでいたひろをぐっと押しのけて、陶子は外へ駆け出していった。

「待って、陶子ちゃん！」

ひろがあわてて追いかけた時には、走り去っていく陶子の背ははるか先にあって、やがて観光客にまぎれて見えなくなった。

後ろから、大地の低い声が聞こえた。

「くそ、相変わらず足だけは無駄に速いな」

手にはシャッターを下ろすための鉄の棒を握っている。足元から何かを拾って、ため息をついた後ポケットに突っ込んでいた。

拓己が眉を寄せた。

「大丈夫か大地。お前、頭から血ィ出てる」

ひろは、大地を見上げて小さな悲鳴を上げた。

「大地さん、ケガ！」

「ああ、大丈夫っす。ちょっと先に店閉めますね」

大地がシャッターを下ろしている間、拓己は店のレジの棚から、救急箱らしきものを出していた。戻ってきた大地を丸椅子に座らせて、救急箱を渡す。

「勝手に出しといた」

「すいません……」

「ええから、はよ頭の血、なんとかしろ」

拓己がポケットからハンカチを引っ張り出して、大地に投げつけた。

「ケガしたままやと、ひろがびっくりするやろ」

「……うっす。おれの心配やないんすね」

幸い浅く額《ひたい》を切っただけで、顔の血を拭ってしまえば傷は大したことがなさそうだった。

ひろはほっと息をついた。

「あの……陶子ちゃんと喧嘩したんですか？」

大地が肩をすくめて苦笑した。

「なんや帰ってくるなり、燕がどうとか鏡がなんやとか言いよるから」

ひろはどきりとした。拓己と顔を見合わせる。

大地がポケットから何かを取り出した。さっき拾っていたものだ。それは小さな鏡だった。手のひらに収まるぐらいの大きさで、つるりと艶のある柘植《つげ》の鏡だった。

大地が指先でその鏡をひっくり返した時、ひろは思わず声を上げていた。

「あ……」

燕だ。

裏側には小さな燕が彫り込まれている。赤いマジックで線が引かれていて、それが燕の片方の羽を通っていた。

それはまぎれもなく、陶子の傍にいたあの小さな燕だった。

「この燕……の鏡、陶子ちゃんの大事なものなんですか？」

「大事かどうかは知らんけどな。昔おれがあげたんや。でもおれも全然忘れててん。さっき陶子に聞かれて、なんやそれて言うたら突然ぶん投げてきてこれや」

これ、と大地が呆れたように自分の頭を指した。どうやら、この鏡が大地の額に傷をつけたらしい。

拓己が、大地と鏡を交互に見つめてつぶやいた。

「お前にしては、悪ないセンスやな」

「先輩、おれのことなんやと思てんすか。ほんまに小さいころですよ。小学校……おれが、六年で陶子が三年の時やったかな」

ちょうど陶子が陸上を始めたころだと、大地が言った。小学校のクラブ活動は三年生から入部できる。陸上クラブに入部して初めての大会で、陶子は大きなケガをした。

「一週間ぐらい入院して、そっからリハビリで通院せなあかんてなって、あいつものすご落ち込んでたんや」

思うように動かない足に苛立《いらだ》った陶子は、リハビリから逃げるようになった。病院の中庭に隠れて、親が迎えに来るまでやりすごしていたらしい。

まあそれで、と大地がそっぽを向いた。

「……その時はまだおれも、善良なええ兄貴やったんで。ちょっとでも元気になったらええて、渡したんがこの鏡っす」

フリーマーケットで、三百円ほどだったという。質は悪くないと思うのだが、裏側の赤いマジックの落書きのせいで投げ売りされていた。

そう言って大地は、片羽の赤い線を指した。柘植の柔らかで深みのある茶色に、鮮やかな赤がしみ込んでいる。

「——あいつ、燕好きやから」

大地は照れたようにくしゃくしゃと髪をかき混ぜた。

ふいにひろは納得した。やはり大地は陶子の兄なのだ。ぶっきらぼうに見せていても、妹のことをどこかで心配していて、ところどころにそれがじわりとにじんでいる。

大地がひろを見上げた。

「それでひろちゃん、おれに用事あるって、清尾先輩から聞いたんやけど、なんやった？」

「いえ……その燕のこと、ちょっとだけ陶子ちゃんから聞いたから。大地さんに直接聞けたらって思ったんです。でももう大丈夫です」

大地の手の中の鏡を指してひろは言った。

「この鏡、借りてもいいですか？」

「ええけど」

「わたし陶子ちゃん、探してきます」

ひろは自分を押しのけた陶子の目を思い出した。あんな風に陶子ににらまれたのは初めてだ。陶子のむき出しの感情に触れて、まだ鼓動がせわしない。

でもあれは怒りではなかったとひろは思う。陶子だってきっと、どうしていいかわからなくなっているのだ。

早く探して、追いつきたい。

邪魔でもうっとうしくてもおせっかいでも、もうなんでもいい。

今、陶子を一人にしておくのだけは、いやだ。

大地がひろの手のひらに鏡を乗せてくれた。

「たぶんお稲荷さんの上にいてるやろ。あいつ落ち込んだり拗《す》ねたりした時は、だいたいそこやから」

　ひろはうなずいて背を向けた。

「ひろ」

　拓己がひろの肩をつかんで、鞄《かばん》を外してくれる。

「鞄置いて、携帯だけ持っていき」

「うん。あ、拓己くん、先に──」

「待ってたるから」

　忙しいだろうから先に帰っていて、と言うつもりだったのが先回りされた。

「──うん！」

　ひろは迷わず拓己に背を向けた。ここにひろのことを待ってくれている人がいる。

　だから今、安心して誰かのために走ることができるのだ。


　決して速くはない、けれどしっかりした足取りで走っていったひろを見送って、拓己は店の中に戻った。上げていたシャッターを下ろして、大地に向き直る。

「悪いんやけど、ひろが戻ってくるまでここで待たせてもろてもええやろか」

「ええですよ。店番用の椅子しかないですけど」

丸椅子に腰かけた拓己は、無意識に稲荷大社の方へ視線をやった。小さくため息をつく。

大地がおそるおそる顔をのぞき込んできた。

「先輩、やっぱりひろちゃん追いかけんでええんですか？」

「おれが行くとこやあらへんから」

ひろの話を聞く限り、あの燕はひろにも陶子にも危害を加えるものではないらしい。それなら、あとはひろと陶子の問題だ。

そう言うと、大地は困ったように笑った。

「あいつ意地っ張りやしプライド高いし、昔から甘えんのもへたくそやから……。ひろちゃんみたいな子が、あいつの友だちでよかったと思います」

それはきっとひろが一番喜ぶ言葉だと、拓己は思った。

東京にいたころ、ひろは友だちをほとんど作ることができなかったと言っていた。

京都でひろは、陶子と椿という二人の友人ができた。そうして、本当はもっと幼いころに培《つちか》っていくはずだった経験と感情を、今やっと一つずつ前に進めている。

友だちのために悩み、失敗して、そうして関係を作っていく。そういうことが今のひろにとっては必要なのだ。

「ひろも、陶子ちゃんが友だちでよかったと思てるやろ。ありがとうな」

大地が破顔した。

「どういたしまして。清尾先輩、そうやってるとひろちゃんの兄貴みたいっすよ」

拓己は肩をすくめた。幼いころから傍にいたあの子の、保護者だ兄だと言われることはよくある。

「お前も、そうやってるとちゃんと兄貴なんやて思うよ」

拓己には兄が一人いる。拓己とは折り合いの悪い兄で、いまだに距離をはかりかねている存在だ。

ああでも、と大地が立ち上がった。中断してしまった店じまいをするつもりらしく、レジを開けて小銭を数え始める。

「さっきのは、兄貴いう顔やなかったですね」

拓己が眉を寄せる。大地が小銭と数えた札を手提《てさ》げ金庫にしまいながら言った。

「さっきひろちゃんが走っていった時、すごい顔してましたよ。もう心配で心配でしゃあないって感じの——あんなの、妹にする顔とちがいますよ」

拓己は自分の胸の内が、ぎしりときしみを上げたのを聞いた気がした。

大地はそれほど大層なことを言ったつもりはないのだろう。

金庫をしまってくると、あっさり店の奥へ行ってしまった大地を、拓己はどこかぼんやりとした心持ちで見送った。

「いやあいつ……何、わかった風なこと言うてるんや」

思わずそうつぶやいた。

あの子は近所の幼馴染みで、手のかかる妹のようなものだ。自分はただ保護者で、幼いころに父親に頼まれて、そのうち危なっかしくて放っておけなくなった。

ただそれだけだ。

おれはあの子にとって、いつだって安心して頼れる人でいなくてはいけない。兄とか、父親とか。そういうものの代わりでいなくてはいけないのだ。

不安定な感情に、振り回される存在になってはいけない。

拓己は一つ息をついて、妙な感情に知らないふりをして心の奥底に押し込んだ。

4

夕暮れ時を迎えた稲荷大社は、何もかもが橙《だいだい》色に照らされていた。

観光客が駅に向かって急ぐなか、ひろは流れに逆らうように大社の中へと進んだ。

ひろは幼いころから稲荷大社が苦手だった。荘厳な本殿や能舞台も、うっそうと茂る山の中を鮮やかに連なる朱色の鳥居も、どこか別の場所に連れていかれそうな気がして、怖かったからだ。

空は鮮やかな橙色を経《へ》て、端から薄紫に変わりつつある。陶子が稲荷山の上まで上がったのなら、追いつくまでに一時間以上はかかる。山の中で夜を迎えるかもしれない。

それでもひろは、意を決して朱色の鳥居をくぐった。

稲荷山へ上がるにはいくつか道がある。陶子はどの道を上がったのだろうか。途中で入れ違いになっても困る。

ひろが悩んでいると、小さな声が聞こえた。

——こっち。

すぐにわかった。あの燕の声だ。

とっさにあたりを見回す。大きな手水鉢《ちょうずばち》が、夕日を反射してきらきらと光っていた。駆け寄ってのぞき込むと、うつり込んだ空にあの燕がいた。

ゆらゆら揺れる水面を切り裂いて、ぱっと空に吸い込まれていく。千本鳥居の方だ。

ひろはポケットの中で小さな柘植の鏡を握りしめた。この鏡の燕は、何かにうつり込むことでしかその存在を示せない。

けれど必死に、ひろを陶子のところへ導こうとしている。

ひろは能舞台の横を抜けて千本鳥居の道へ駆け込んだ。途端に静寂が押し寄せた。鳥居の隙間《すきま》から朱色の夕暮れが忍び寄ってくる。ひたひたと静かに迫る夜を振り払うように、ひろは連なる鳥居を駆け抜けた。

千本鳥居を潜《くぐ》り抜けた先に広い池がある。谺ヶ池《こだまがいけ》と呼ばれる池だ。鳥居と鳥居に挟まれた踊り場のように、池の傍にベンチが用意されている。

陶子はそこに一人で座っていた。

池の水面にうつった空で、片羽に赤い線が入った燕がくるりと一回転したのがわかった。

「……陶子ちゃん」

そう呼びかけると、陶子が顔を上げた。

「どうしたん、ひろ。ああ、ごめんなびっくりさせて。すぐ帰るし」

陶子は笑っていて、いつものように軽い調子でひろにそう言った。

ひろは一瞬身を引きそうになって、ぐっと思いとどまった。陶子の目が真っ赤になっていたからだ。

きっと今まで泣いていた。

ここで、一人で。

弾む息を整える間も惜しくて、ひろはとぎれとぎれに言った。

「一人で、泣かないで」

陶子の顔から笑顔が消えた。

ベンチに二人並んで腰かけた。陶子は足を投げ出すように座って、池を背に空を見上げている。夕日はもう視界には入らない。空だけがその名残のように、淡い紫色を帯びている。

しばらく二人ともしゃべらなかった。

鳥居の朱色が深い紺《こん》にかき消され始めたころ。陶子が、ぽつりと言った。

「……大会の時に——」

ひろはそっと陶子の顔をうかがった。視線は合わなかった。

「四百メートルで転んで、ケガしてん。足首ひねっただけで、冷やしといたら治るてお医者さんは言わはったけど、その日の大会は棄権になった」

うん、とひろはうなずいた。

この大会を逃しても、次の大会のエントリーに影響はない。陶子の実力なら次は必ず賞に届く。いつもなら悔しいと一通り騒いで、すぐに割り切ってしまうようなことだった。

陶子は投げ出した自分の足先を見つめていた。

「転んだ原因は靴紐《くつひも》やった。後で見たら、はさみで何カ所か切られてたんよ」

「えっ！」

静かに聞いていようと思ったひろだが、思わず声を上げていた。

「別にこういうの初めてやないんよ。みんな勝ちたくて陸上やってて、誰もが死ぬ気で賞を取りにくるから——ちょっと間違ったらそういうことかてある」

ひろは陶子の言うことがうまく理解できなかった。

誰かが正々堂々戦うことなく、陶子を蹴落とそうとした。それをよくあることだと割り切るのは、ひろにはできない。

困惑しているひろを見て、陶子が笑った。

「ひろには、難しいかもしれへん」

陶子は一つ間を置いて続けた。

小学生の時も中学生の時も、大会のたびに小さないやがらせはあったし、靴紐を切られるなんてかわいいものだ。そう思ってむしろ余裕さえあった陶子は、犯人の正体を知って横っ面《つら》を張り飛ばされた気分になった。

「——美緒やってん」

みお、とひろは繰り返した。聞いたことがある。どこで——。

思い当たってひろは息をのんだ。

同じ陸上部の、あのポニーテールの子だ。大会の前、藤森神社で会った日に陶子の隣を軽やかに走っていた。

春の大会前に、陶子には来季の部長の打診と大学推薦の話があった。大会で記録を残すことが前提としても、部内でもとびぬけた実力を持つ陶子には、いずれそうなるだろうと予想されていたことだった。

先輩も後輩も、同学年の仲間たちもみんな喜んでくれた。美緒も、あの日は一緒に笑ってくれていたのに。

美緒が靴紐を切ったとわかって、一週間の部活謹慎になった。自分が欲しかった推薦がどうとか、そんな理由だったそうだが、陶子はあまり覚えていない。

戻ってきた美緒と陶子は、いまだ一度も口をきいていなかった。

その日から陶子は走れなくなった。

「……全然平気やと思ってたんよ。美緒だって魔が差したみたいなもんやしって。わたしやったらいつも通りにできるって」

ひろは胸が締めつけられるような思いがした。

そんなの平気なわけがない。

自分の隣にいて、笑って、励ましてくれた人の心の中にある、自分への悪意を知ってしまった。

それはどれほど陶子を傷つけただろう。

陶子は吐き出すように続けた。

「でもあかん。なんや全然走られへん。どうやって走ってたかも思い出せへん……自分、こんな弱い人間やったんやって思う。部活に行きたくないて、そんなん初めてで……」

ああそうか、とひろは納得した。

自分でも気づいていないだけで、きっと陶子は怖いのだ。

一度あったことはまたあるかもしれない。

ほかの誰かも、本当は自分のことを疎《うと》んでいるのではないだろうか。目の前の誰もかれもを疑ってかかる。人の心の内は見透かすことができないから。

ひろは陶子の手を握った。陶子とまっすぐに目を合わせる。

少しでも伝わればと思ったのだ。

ひろは陶子と一緒に、ゴールを目指して走ることはできない。でも——話を聞いて、傍にいることだけはひろにだってできるから。

「わたしと椿ちゃんがいるよ。大丈夫。つらかったらいつでも泣いていいし、怒っていいし——だから」

何かを突き放すみたいに、一人で笑わないで。

陶子はしばらくひろを見つめて、やがて肩を震わせた。

「……ひろの方が、泣きそうになってる」

そうやってちょっと泣きそうな陶子の笑顔を見て、ひろはほっとした。

帰ろうか、と二人でベンチから立ち上がった。

「ようここがわかったね」

陶子がそう言うと、ひろは傍の池に視線を向けた。

「燕が案内してくれたから。陶子ちゃんもきっと見たことがあるんだよね」

ひろはポケットから、柘植の鏡を取り出して陶子に渡した。やがて陶子がおずおずと言った。

「ひろも見たん?」

ひろは小さくうなずいた。

千本鳥居の道を降りながら、陶子はぽつぽつと話してくれた。

「……小さいころに、向島《むかいじま》――宇治川の向こう側に親戚が住んでるんやけど、あのあたりに、すごい広い原っぱみたいなんがあってな」

向島の槇島《まきしま》に、広大な葦原《あしはら》がある。背の高い葦が連なるその場所は、燕の営巣地としても有名だった。夏の夕暮れ、餌《えさ》を求めて一斉に燕が飛び立つ。高く低く宇治川に向けて空を切り裂くように。

「初めてそれを見た時、びっくりしたんよ。ものすごく速くてかっこよくて。自分も同じぐらい速くなりたくて、陸上始めたんよ」

陶子はほの暗い鳥居の道をじっと見つめていた。

「初めての大会でケガして、リハビリせなあかんて言われて、ものすごい苦しかった。もう走られへんのかもしれへんて、リハビリしたって意味ないかもしれへんて思たら、怖くて……」

病院の中庭に隠れてさぼっていた陶子に、大地がこの鏡をくれた。赤い線の入った燕の鏡は、小学生の陶子にとっては宝物のように思えた。

いつも喧嘩ばかりしていた兄が、その時もぶっきらぼうに言ったのを覚えている。

「――燕みたいに速くなるんやろ」

大地は陶子の手にその鏡を押しつけて、病院から駆け出していった。

ひろの前で、陶子は大切そうにその鏡を撫でた。

「そしたら、不思議なことがあってな。病院の中庭に池があったんやけど、そこにうつってるわたしの傍に、燕が飛ぶようになってん」

顔を上げてもどこにもいない。それは池にうつった陶子の傍にだけいるようだった。片方の羽に赤い線が入っていることには、すぐに気がついた。

あの鏡の燕だと思った。

「気味悪いとかは思わへんかったよ。その燕が、池にうつったわたしの前を飛んだり、後ろからぶつかってきたりするから――」

背を押そうとしてくれているのだと、そう思った。

動き出してみると、リハビリはあっという間だった。それ以来、この小さな鏡を、陶子はずっと大切にしてきた。

「今日の昼間、グラウンドであの燕を見た気がして。家帰って兄貴に聞いてみたら、そんな鏡覚えてへんて言うし……八つ当たりしてぶん投げてしもた」

陶子がそっぽを向いた。それが大地の仕草とそっくりで、ひろはくすくすと笑った。

「その燕が、わたしを陶子ちゃんのところに連れてきてくれたんだよ」

「……不思議やんな。今まで夢とか見間違いやと思てたのに」

千本鳥居を一番下まで降りて、ひろは陶子に向き合った。

「陶子ちゃん、明日蓮見神社に来ない？」

自分が陶子にできることを、ひろは思いついた。

　――そして、その燕の正体にも思い当たったのだ。


その夜、夕食を食べた後ひろは、祖母に断って一人で派流に降りた。

宇治川派流と呼ばれるその細い川の左右には、柳の枝が張り出していて、五月の風にさやさやと揺れていた。

ひろの肩の上で白蛇姿のシロが、心配そうにひろの上着の襟首《えりくび》をくわえて引っ張った。

「ひろ、帰ろう。風邪を引く。まだ夜は寒いんだ」

「うん。確かめたらすぐ帰るよ」

ひろはじっと暗闇《くらやみ》に目を凝らす。派流は人工的に作られた川だ。伏見は、大阪からの舟運が盛んで、かつては伏見港と呼ばれて栄えていた。宇治川の流れを引き込んで舟の行き来をしていた名残が派流だ。人工的で直線的なその流れが、今はちょうどいい。

シロが肩の上で小さく舌打ちした。

「全部放っておけばいいんだ。ひろはおれと菓子を食べて、遊びに行って、ずっとそればかりでいいのに」

シロは不満そうにひろの肩にぐりぐりと小さな頭をこすりつけた。こういう時のシロは、妙に人間らしいと思う。ひろはシロを手のひらに乗せた。

「ちゃんとシロとも遊びに行くよ。陶子ちゃんに面白そうな場所を教えてもらったんだ」

ひろの手のひらで転がっていたシロが、ひゅっと鎌首をもたげた。

「よし、行こう。すぐに」

「行くなら夏がいいな。宇治川の向こう側に、大きな葦の原っぱがあるんだって」

シロが金色の目をふいに空へ向けた。時折シロは、こうやってずっと遠くを見るような目をする。

その理由をひろは知っている。

宇治川の向こう側にはかつて湖と見まごうほどの、大きく美しい池があった。

シロは巨椋池《おぐらいけ》と呼ばれたその池の水神だ。今は埋め立てられて、その姿を見ることはできない。

シロがぽつりと言った。

「あの葦原には、たくさん燕が飛ぶんだ」

「知ってるの?」

「ああ——昔もそうだった」

シロは昔のことをどうだっていいと言う。でもそれは嘘だとひろは思う。

シロの中にはいつだって、この地に広がっていた広大で美しいその場所の姿がある。

「シロの池はなくなったかもしれないけど、でも、ちゃんと新しい命を育んでるとわたしは思うよ」

シロは、金色の目でひろを見上げた。少し笑ったのかもしれないと思った。

「ああ」

シロのことを理解するのはとても難しい。ひろの言葉にはこうしてちゃんと答えてくれるけれど、その心の中にまでは届いていないのかもしれないと思う。

「ひろ、戻ろう。この間の金平糖がまだあまっていただろう？　おれはあれを食べたい」

シロはひろを遮るように、ひろの頬に自分の小さな頭をこすりつけた。

なめらかで冷たいうろこは、それが決して人とは相いれないものだということを、ひろに突きつける。

「……うん」

「お前がそんな顔をすることはない。いいんだ、ひろ。おれはひろがここにいてくれれば、それだけでいい」

ほかには何もいらない。

そういう金色の瞳の奥底に見える不安を、ひろは知っている。

いつかひろがもっと強くなったら。この小さな神様が大切だったものを、一緒に見つけられればと思うのだ。

土曜日、ひろと二人で派流に降りた陶子は、物珍しそうにきょろきょろとあたりを見回していた。ハーフパンツにパーカーで、いつものスポーツブランドのスニーカーを履いている。

「派流てこんなんなってるんやなあ」

「あんまりこっち来ないの?」

「うちらの深草あたりからしたら、大手筋《おおてすじ》とか宇治川らへんて、よそさんの土地やから」

藤森神社で拓己が言ったのと同じことを言うものだから、ひろは思わず笑った。

派流の岸には赤と白のつつじが華やかに咲き乱れていた。青い空にさらさらと柳が揺れている。穏やかな派流の水面は、ちらちらと波紋を刻みながら、青い空と柳をうつしだしていた。

その水面に、つい、と何かが飛んだのを見て、ひろは陶子を呼んだ。

「陶子ちゃん!　見て!」

陶子が水面をのぞき込んだ。

その瞬間、水にうつった陶子の真後ろを、空を裂くようにまっすぐに燕が飛んだ。

――はやく。はやく、たかく！

ひろにだけ聞こえる声で、燕の声が陶子を呼ぶ。

ひろは、陶子の腕を引っ張った。

「一緒に走ろうって、きっとそう言ってる」

本当は走りたくてたまらない陶子の、その背を押すためにあの燕はここにいる。

空も水面も青く、柳の揺れる道はまっすぐだ。

日の光が、チカチカと水面を反射する。

――水面の燕が陶子に並んだ瞬間。

陶子が、反射的に地面を蹴った。

ふわ、と風が吹き抜けたみたいだ。ひろは目を丸くした。

「わ……」

最初は、水面をうかがいながらおそるおそるだった陶子が、次第にスピードを上げる。

体をまっすぐに保ち、前だけを見て。

その横の水面を、燕が飛んだ。

パンッと空気をたたいて、黒い羽が風を切る。

燕の飛ぶ先、水面が線を描くように白く泡立って――まるで本当にそこに空を駆けるものがいるようだった。

濠川《ほりかわ》に合流するところで、陶子は力を抜いた。手を膝について肩で息をしている。

ひろがなんとか陶子に追いついたころ。

水面の中では燕が、青い空へ吸い込まれるように消えていった。

交わった川には、どの岸へも渡れるように橋が架かっている。橋の欄干《らんかん》にもたれた陶子がひろに聞いた。

「あの燕が何なんか、ひろは知ってるん?」

ひろはうなずいた。

「あの柘植の鏡にずっといたんだと思う。陶子ちゃんを応援してた」

陶子が、ポケットから鏡を取り出した。

「陶子ちゃんのことを、すごく心配してる人の気持ちだと、わたしは思うんだ」

陶子は鏡を見て、やがて思い当たったように唇を結んだ。むすっとしてふてくされているような、でもどこか照れているようなそんな顔だった。

「……兄貴」

「うん。わたしもそう思う」

ひろはあの燕を大地の心だと思った。走れなくなった妹を心配した、幼い兄の精いっぱいの気持ちだ。

そうして陶子が走れなくなった時に、燕はまた陶子の前に現れた。

陶子がもう一度走れるように。

陶子は複雑そうに、鏡をポケットにしまい込んだ。

「……帰りに、アイスでも買っててってやろかな。百円の！」

そっぽを向いた陶子の唇が、むずむずとほどけて、ほんの少しうれしそうに微笑《ほほえ》んだのを、ひろは見た。


蓮見神社に戻った二人を拓己が待っていた。手水舎《てみずや》の細い柱に体を持たせかけて、腕を組んでいる。

ひろと陶子をちらりと見て、ほっと肩の力を抜いたようだった。拓己には陶子と会うことは伝えてある。きっと心配して待っていてくれたのだろう。

「大丈夫やったか？」

ひろは顔を上げてうなずいた。それだけで拓己には、ちゃんと伝わったようだった。拓己は陶子の方を向いた。

「陶子ちゃんも、よかったらうちでお茶でもしていかへん？」

陶子は、拓己とひろを交互に見てニヤッと笑う。

「でも、わたし邪魔やないですか?」

「どうして?」

ひろと拓己が同時に首を傾げた。それを見て陶子がううん、と腕を組んだ。

「ひろが鈍いのは今に始まったことやないですけど……清尾先輩まで。まさかとは思いますけど、あれだけ高校時代に伝説作っといて、いまさらそんな」

「伝説?」

高校時代の拓己の話だろうか。ひろが身を乗り出した。

「うちも聞いただけやけど、高校時代の清尾先輩て、えらいこと人気あったんやて。先輩からも後輩からも、しょっちゅう呼び出されてたて聞いてますけど」

ひろは胸の奥がちり、と痛むのを感じた。

その呼び出しが拓己に対しての告白だということは、恋愛に疎いひろにだってわかる。でもその後拓己はどうしたのだろう。

思わず拓己の方を向くと、ふいと目をそらされた。

「陶子ちゃん、誰から聞いたんか知らへんけど、それは誇張されてる。そんなしょっちゅうやないし」

「時たまはあったということですね」

珍しく拓己がやり込められている。

「……想像に任せる」

拓己が苦笑して肩をすくめた。

拓己らしい大人の対応で、陶子もそれ以上何かを言うつもりはないようだった。けれど
ひろの胸の内は、なんだかもやもやしたままだ。

理由もわからなくてうつむいていると、陶子がひろの腕をつかんだ。

「わたし今日は帰ります。トレーニングもしたいし。ひろ、駅まで送って」

「あ、うん」

陶子に引っ張られるように、ひろは拓己に背を向けた。

京阪の駅まで歩きながら、陶子はぽつりと言った。

「……そういえばさ、ひろはそういうものが、見えたり聞こえたりするんやね」

ひろは、ぎゅう、と唇を結んだ。陶子が納得したように言った。

「蓮見神社の子やもんね」

半分は本当で、半分は違う。ひろは蓮見神社の血より強く、人ではないものの声を拾い、
水の加護を受ける。そのことを陶子にも椿にもちゃんと言えていなかった。

「……おばあちゃんより、力も強いみたいなんだ」

ひろは自分の声が震えていないかどうか、心配だった。

風の音に耳を傾け、樹が騒いでいると言い、池の錦鯉《にしきごい》をじっと見つめるひろは、東京でずっと『変な子だ』と言われてきた。

ひろが抱えている——他人から見れば気味悪さのようなものを、周りは敏感に感じ取った。

陶子はうん、とうなずいた。そうしてひろの顔をまっすぐ見つめた。

「——つらない？」

ひろは笑った。この力は、誰かに手を伸ばすためにあると知ったから。

「つらいと思ったことはないよ」

陶子がひろの肩に手を回して、がっと引き寄せた。

「うわっ」

「ありがとう、ひろ。話してくれて」

「……変だって、思う？」

心臓が痛いぐらい鳴っている。陶子も椿もそんな風に思うはずがないと、ひろにもわかっている。それでも自分の心を一つ明かすのは、大きな勇気が必要だ。

「ひろらしいって思う。ええやん別に変でも。それが、わたしを助けてくれたんやろ？」

そう言って笑う陶子の顔は、いつものはつらつとしたそれで、ひろはなんだか泣きそうになった。

「ありがとう、陶子ちゃん」

その後は電車が来るギリギリまで、駅の外で取り留めのない話をした。

電光掲示板を見た陶子が、帰り際にそういえば、と言った。

「ひろはさ、部活とかやってみる気はあらへんの？」

ひろはためらうように首を横に振った。

拓己と陶子と椿と、ひろの人間関係はまだそれでいっぱいいっぱいだ。

「別に部活じゃなくてもええんよ。でもひろはさ、誰かと死ぬ気で何かを取り合ったり、戦ったり、一番になりたいって思ったり、わたし、そういうことが必要やと思う」

ひろはどきりとした。稲荷山の上で、陶子が言ったことを思い出したからだ。

誰かを蹴落としてまで何かを得たいという気持ちを、ひろは理解できない。

たぶんあの時陶子が言ったのは、そういうことだ。

陶子が、手のひらを自分の胸にあてた。

「これから受験もあるし。いざという時、ひろはたぶん困る。誰かと喧嘩しても戦っても、絶対に奪われたくないものがこの先ひろにもできると思うから」

——その時に、気持ちで負けないように。

「もし陸上部入るんやったら、うちがびしびし教えたるから」

最後は冗談めかして、陶子は改札を通っていった。幾分ぼんやりとした心地で見送って、ひろは一人帰り道を歩いた。

陶子の言葉がぐるぐると胸の内を渦巻いている。

いつかわたしにも——絶対に奪われたくないものができる。その時に、ちゃんと戦えるだろうか。

急に不安になって、ひろは足早に帰り道を急いだ。


清尾家に顔を出すと、そこでは戦いが勃発《ぼっぱつ》していた。

「——跡取り、それをよこせ。おれが食べる」

「絶対嫌や。おれここのわらび餅《もち》好きなんや。お前自分の分三つ、先食べたやろ！」

「すこぶるうまかった。速やかに次を要求する」

「厚かましいわ。絶対やらへん」

縁側でどたんばたんと、拓己と白蛇姿のシロが争っている。間にはガラスの器《うつわ》に盛られた透明なわらび餅がきらきらと光を反射していた。

いつも優しくて大人な幼馴染みと、本当は恐ろしくもある水神のシロがわらび餅を取り合って騒いでいるのを見て、ひろはなんだかすっと肩の力が抜けた。

拓己とシロは、あまり仲が良くないと思っていたけれど、最近だいぶ打ち解けたとひろは思う。ひろは拓己のこともシロのことも好きだから、一人と一匹が仲良しなのは、うれしいことだった。

ひろは縁側に腰かけると、拓己の腕に巻きついていたシロを、ひょいと膝の上に乗せた。

「じゃあ、シロにはわたしが一つあげるね」

「ひろからはもらわない。ひろはこういうのが好きだろう?」

シロが頭で、器用に小さな器を二つ寄せた。一つにはとろりとした黒蜜《くろみつ》が、もう一つにはきな粉が入っている。

「おれは黒蜜がおすすめだ。きな粉をちょっと混ぜるといい。とてもうまかった」

シロがきらきらと期待しているような瞳を向けてくる。

拓己が、ひろにわらび餅の入った器を渡した。

「その白蛇はもう十分自分の分は食べたから、ひろは自分の分をちゃんと全部食べ」

ひろは黒文字でわらび餅を口へ入れた。黒蜜のコクのある甘さが舌の上でとろけて、つるりと喉《のど》の奥へ転がっていく。

「うまいだろう」

シロが自慢気に胸を張った。拓己が呆れたようにつぶやく。

「お前が作ったんちがうやろ」

火花を散らす一人と一匹を眺めながら、ひろはもう一つわらび餅を食べた。

空は透き通るほど青く、風には深い緑の匂いが混じっている。

ここはひろがひろらしくいられる場所だ。奪われたくないものがあるとすれば、きっとここにある。

縁側に差し込む光は、日に日に強くなっている。日は長くなって、昼間の風は熱い空気をはらむようになった。

もうすぐ本格的な夏が来る。

時間は確かに進んでいる。受験のことも、ひろが戦わなければいけないもののことも、いつまでも同じようにはいかないのだと。

淡い不安を押し殺して、ひろは初夏の空を見上げた。

二　六月の猫

1

六月に入ってしばらくすると、京都は梅雨《つゆ》に入った。空は毎日厚みのある雲が覆《おお》い、雨が降ったりやんだりのはっきりしない天気が続いている。

ひろは清尾《きよお》家の縁側で、降り続く雨をじっと見つめていた。六月の雨は重みがある。しとしとと落ちた雫《しずく》が、地面に吸い込まれていく。井戸の鉢《はち》に落ちた水が描く波紋は、形を変え続けてひと時も同じ模様になることがない。それが面白くて、いつまでも見ていられそうだった。

ひろの隣から柔らかな声がした。

「――暑くないか、ひろ?」

ひろの横に腰かけているのは、人の姿のシロだ。シロは雨が降ると、人の姿をとることができる。透き通るような銀色の髪、裾《すそ》に蓮《はす》をあしらった薄藍《うすあい》の着物。月と同じ金色の瞳は、蜂蜜《はちみつ》のようにとろりとした甘さを含んでいる。

「大丈夫。まだ六月は日が沈むと涼しいね」

後ろで畳《たたみ》を踏む音がした。

「いたんか、白蛇《しろへび》」

拓己《たくみ》が片手に盆を、片手にうちわを二本持って縁側へやってきた。シロを見て眉をひそめている。

「梅雨やからてそっちで来るんやめや。親に見つかったらびっくりさせるやろ」

シロは拓己の方をちらりと見て、もう興味がないとばかりにその金色の目を少し細めただけだった。

拓己は一度盆を置くと、部屋の隅《すみ》から酒瓶《さかびん》と盃《さかずき》を持ってきた。シロには盃に酒を注いで、ひろには手に持っていたうちわを渡してくれる。

「暑いやろ」

拓己の渡してくれたうちわは、大ぶりの和うちわだ。竹の骨に和紙の張られたうちわには、金魚が一匹描かれていた。なめらかに削られた柄《え》からは質のいい木の香りがする。ぱたぱたと扇《あお》ぐたびに木と和紙がほんのり香った。

拓己が座って、置いてあった盆を引き寄せると、待っていたと言わんばかりにシロが身を乗り出した。

「今日はなんだ？　アイスクリームか？　チョコレートか？」

「なんやアイスとかチョコとか、えらい流暢《りゅうちょう》になったなあ」

拓己が呆《あき》れたようにつぶやくのを聞いて、ひろはくすりと笑った。

「昨日の夜、おばあちゃんにもらったチョコレートがおいしかったんだよね」

「あれはすごかったな。花の形をしていたし、葉は飴《あめ》細工だったんだ。食べてしまうのが惜しいと思った」

シロは腕を組んで、大げさにうなずいた。

シロは人の手が入った美しいものが好きだ。細工の凝《こ》った菓子を渡すと、金色の目を輝かせていつまでもそれを眺めている。

拓己がぴくりと反応した。

「夜て、ひろ」

「あ……」

ひろは肩をすくめた。シロはよく夜にひろの部屋に遊びに来るのだけれど、拓己はそれをあまりよく思っていないらしい。拓己が大きなため息をついた。

「この白蛇が勝手に来るんは、もうこの際仕方ないけどな。ひろも菓子なんか用意して、歓迎するんやない」

「……ごめんなさい」

ため息交じりに立ち上がった拓己は、小さなガラスの鉢を追加で持ってきた。なんだかんだといってシロの分も用意するあたりが、拓己の優しさだ。

ガラスの器《うつわ》には、一人一つ小さなゆずが乗っている。上の皮が切り取られていて、ゆずの中身がまるごとゼリーになっていた。

「すごいな」

シロが本当に感心した、というようにつぶやいた。

濃厚で柔らかなゼリーが、とろりと喉《のど》を通り抜ける。ゆずのさわやかな香りが抜けて、じめじめした夏の空気の重さがすっと和《やわ》らいだ気がした。

ひろが隣を見ると、シロはゆずのふたをとったりゼリーをすくって光に透かしたりしていた。電灯の光に透けて黄金色のゼリーが揺れる。

「……美しいな」

シロが美しい菓子を光に透かしたり、金色の目を細めてうれしそうに見つめるのが、ひろは好きだ。だからついあれこれと菓子を用意してしまう。

シロは最初、ひろ以外に何にも興味がないみたいだった。だから、菓子を見て表情を変えるシロを見ていると、少しほっとする。

この人の寂しさを埋めるものが、もっとたくさんあればいいのにと、いつだって思うから。

ゼリーを食べ終えたひろは、拓己が膝《ひざ》の上に紙の束を広げているのに気がついた。クリアファイルにまとめられて、あちこちふせんが貼ってある。それは詳細な建物や庭の敷地図のように見えた。

「それって、今度作るお庭の設計図？」

拓己がうなずいた。

清花蔵《きよはなくら》は、伏見《ふしみ》に昔から蔵を構える造り酒屋だ。『清花』という銘柄《めいがら》の日本酒を仕込んでいる。今はそのほとんどを、道を挟んだところにある小さな酒造工場で行っていて、名前だけは今でも蔵と呼んでいた。

その蔵に小さな庭を作ろうと提案したのは、拓己だった。地下水をくみ上げる井戸を整備して、蔵の見学やイベントを開けるようにするつもりだと言った。

拓己は清花蔵の跡取りだ。仕込みにはまだかかわらせてもらっていないが、自分にできることで少しずつ蔵にかかわり始めている。

「だいたい決まったんやけど、蓮見《はすみ》神社みたいに、花とか木とかたくさん植えたい思てて」

設計図を食い入るように見つめる拓己の横顔はとても真剣で、ひろは邪魔をしないように横目でそっとうかがった。

いつか拓己のように優しくて強い人になる。そうして今まで頼ってばかりだった拓己を、今度はひろが助けるのだ。

それが目下のところひろの目指す目標なのだけれど、これがなかなか遠い。拓己は一人でずっと先へ進んでいってしまう。それを目《ま》の当たりにするたびに、ひろの胸をじりじりと焦りが焼いて、ひろは縁側に視線を落とした。

その拓己の顔が、ふいにひろの方を向いた。

「ひろに手伝ってもらいたいことがあるんやけど」

ひろはぱっと顔を上げた。拓己の手伝いができるかもしれない。そう思ったら、内容も聞かずに身を乗り出して答えていた。

「するよ」

「ひろ、跡取りなんか手伝うな」

シロが不満そうに割って入る。

「わたしでもできることがあるんだよ、シロ。手伝いたい」

「……そんなうれしそうに言うな」

シロがふてくされたようにそっぽを向いた。

「そんな張りきらんでもええよ。週末、付き合ってほしいところがあるんや」

妙に意気込むひろを見て、拓己が苦笑した。

2

週末は雨が上がったものの空には雲がかかったままで、重い湿気も相変わらずだった。気温はさほど高くないが、一向に吹かない風と湿気でじわりと汗が噴き出してくる。

ひろと拓己は京阪七条《けいはんしちじょう》駅を降りて、東に向かって坂を上っていた。

「……暑いね」

ひろは思わずそうつぶやいていた。

夏の京都は幼いころに体感したことがあるはずだけれど、こんなに暑かっただろうか。

隣を歩く拓己が、重いため息をついた。

「京都の暑さは凶悪やからな。盆地やから風ないし湿気こもるし。まだ六月でこれて、この先気ぃ重いわ」

博物館やホテルを通り過ぎた先に、山へ続く道があった。そこを上ると大きな寺に出る。山門をくぐると石段が続いていて、その先に境内《けいだい》と大きな御堂があった。御堂の裏にはさらに山への道が続いている。この先には檀家《だんか》の墓があるらしかった。

ひろは上がった息を整えながら、あたりを見回した。山を切り拓《ひら》いて造られたような寺で、周囲を囲う白い壁の向こうにはうっそうと木々が茂っている。楠《くすのき》や樫《かし》はひろの手が回りきらないほど幹が太く大きい。境内に整然と植わっているのは桜と紅葉《もみじ》だ。少し高台に来たからだろう、風が通るようになっている。

ひろは耳を澄ませた。

雨をたっぷり含んだ葉の間を風が吹き抜けるたびに、さらさらと雫が落ちる音がする。降っていないのに、雨の音のように聞こえて、ひろはふらふらと引き寄せられるように、歩いていた石畳からそれていった。

御堂の西側に壁の切れているところがある。低い柵で仕切られたその向こうに、木々の隙間《すきま》から市内が一望できた。

「わ……」

いつの間にかずいぶん上がってきたらしい。見下ろした京都市内は、分厚い雲にふたをされているようだった。向かいには白くけぶる西の山々が、手前に京都駅と京都タワーが見える。それ以外に目立つ建物はほとんどなく、三条《さんじょう》や四条《しじょう》あたりにやや高いビルが賑《にぎ》やかに立っていた。

ひろがじっと見入っていると、後ろから声をかけられた。

「――ええ眺めやろ。晴れたらもっとよう見えるんやけどな」

振り返った先に見おぼえのある顔があって、ひろはあわてて拓己を探した。その時初めて拓己からはぐれていることに気がついたのだ。

　声の主は苦笑した。

「拓己やったらすぐ来るて」

　その言葉通り拓己はすぐに戻ってきた。ひろが高台からの眺めにくぎ付けになっている間に、御堂への挨拶《あいさつ》を済ませていたらしい。拓己が声の主に向かって片手を上げた。

「久しぶりやな、仁《じん》」

「春以来や」

　藤本《ふじもと》仁は拓己の友人だ。濃い茶色の短い髪にキリリとした顔立ち、黒いTシャツにハーフパンツで、素振りでもしていたのか手には竹刀《しない》を持っている。

　仁は拓己の高校時代、ライバル高校の剣道部の主将だった。現役時代の拓己とは何度も対戦したらしい。仁は大学でも剣道を続けていると言っていた。

　ひろは改めて、ぐるりと境内を見回した。

「……ここ、仁さんのお寺だったんだ」

「そうや。ひろちゃんも久しぶりやな」

　仁のキリリとした眉は、その体の厚みもあって威圧感を受ける。けれど笑うと目じりが柔らかく下がって、幼い少年のように見えるのだ。

拓己がニヤ、と笑った。

「いやあ暑かったなあ、ひろ。冷たい茶の一杯でも飲みたいわ」

「ああ、ひろちゃんにはアイスあるから食べてってや。拓己は水でも飲んどけ」

「そうか。おれも手土産《てみやげ》なんぞ買《こ》うてきたんやけど。水ようかん。六個入りなんや。親父さんとおばさんとお前の弟二人と、おれとひろで六個」

「おれのはどうしてん」

拓己と仁の会話が弾むように続いていく。拓己は仁相手だといつもより年相応に、少し子どもっぽく笑うから、ひろはそれがとても好きなのだ。

案内されたのは、御堂の裏の階段からまた少し上がったところだった。そこにも境内が広がっていて、小さな堂があった。その裏には庫裏《くり》が続いていて、そこに藤本家が住んでいるようだった。

堂の縁側で待っていると、仁が氷の入った冷たい緑茶とカップに入ったアイスクリームを三つ持ってきてくれた。

冷たいアイスクリームが喉を通るのを楽しみながら、ひろは仁の寺の庭を眺めた。

本堂と違って玉砂利《たまじゃり》は敷かれていない。柔らかな土の上にあちこち苔《こけ》が生《む》していて、昨日からの雨露《あまつゆ》に濡れている。その傍には、プランターや植木鉢に植えられたたくさんの草花が、雑多に並んでいた。

さやさやと木々の間を風が通り抜けていく。重い雨の匂いがするから、また夜には降るのかもしれない。

にゃあ、と小さな声が聞こえた。植え込みから茶色い猫の頭が突き出している。こちらを見る目とひろの目がぱちりと合った。

「猫だ」

ひろが思わず腰を浮かせたのを、拓己が目ざとく見とがめた。

「ひろ、食べ終わってから」

「わ、はい」

あわてて腰を下ろすけれど、ひろの心はもう庭に飛んでいる。一度興味が湧いてしまうと夢中になるのがひろの癖だ。

よく見ると庭にはたくさんの猫がいた。植木鉢の陰には黒猫が、松の木の上に丸まっているのは三毛猫。小さな池の向こうには白と黒のまだらの猫が二匹、じっとこちらを見つめている。

「飼《こ》うてるわけやないんやけど、餌《えさ》やってるうちに住み着いたんや」

仁がそう言うのを聞きながら、ひろはアイスクリームの残りを一生懸命食べた。拓己の方をぱっと見る。拓己が呆れたように苦笑した。

「はいはい、行ってき」

「うん。仁さん、猫を触っても大丈夫ですか？」

「ええよ。手洗うんやったらそこに水場があるから」

ひろはうなずいて縁側を降りた。

小さな猫は人間をあまり怖がらないようで、ひろを興味深そうに見つめている。傍に寄ってきた黒い一匹を丁寧《ていねい》に撫《な》でていると、後ろから影がさした。

「ひろ、猫もええんやけどちょっと手伝ってくれるか？」

顔を上げると、拓己がこちらを見下ろしていた。

仁は拓己とひろを堂の裏側に案内してくれた。

「ここや」

ひろは目を丸くした。そこは一面、赤紫と青で埋め尽くされていたからだ。

「紫陽花《あじさい》だ……」

深い艶《つや》のある大きな葉の間に、手まりのように丸く咲いた赤紫や紫紺《しこん》がのぞく。しっとりと濡れた葉からぱたぱたと雨の名残がしたたっていた。

拓己が紫陽花の生け垣をじっと見回した。

「蔵の庭にいつでも花が咲くようにしたいんや。蓮見神社みたいに」

それで仁の寺の紫陽花の枝をもらって、挿し木で増やすことにしたらしい。

清花蔵の造園はすべて、宇治《うじ》で造園業をやっている庭師の志摩《しま》に頼んである。志摩は蓮見神社や清尾家の庭も手がけてくれているのだ。

「志摩さんが一回ここに下見に来てくれはって、健康やし、何本か枝もろて帰っても大丈夫やて言うてくれてはる」

拓己がそう言うと、仁が隣で胸を張った。

「当たり前や。母さんが一生懸命世話しとるからな」

拓己が造った庭に春夏秋冬の花が咲き乱れるのは、想像するだけで素敵だと思う。

ひろは目の前の紫陽花に向き合った。ぎゅっと表情を引き締める。

「清花蔵の庭の子になるんだね」

目の前の紫陽花には赤紫や青、紫紺とたくさんの色がある。色合わせも考えた方がいいのだろうか。いや、紫陽花は土の成分で色が変わるらしいからそれより、枝振りで選んだ方がいいかもしれない。

ひろは真剣に紫陽花の枝を見つめながら、ぱちり、とはさみを入れた。この枝が成長して、いつか清花蔵を彩《いろど》ることになる。そう思うとなんだか感慨深い。

隣をちらりとうかがう。拓己の真剣な横顔が思ったより近くにあって、ひろはあわてて前に視線を戻した。

本当なら拓己が自分で花を選ぶ必要なんてないはずだ。志摩に任せておけば、紫陽花も植える花もすべて手配してくれるだろう。

けれど拓己はそうしなかった。

清花蔵の庭は、拓己が大切なものを一つずつ集めて造るのだ。拓己にとっては任された仕事で、その全部を真剣に造りたいのだと思う。

——その手伝いができるなら、わたしも一生懸命やろう。

ひろはぎゅっと唇を結んで、紫陽花の枝と向き合った。

ああでもない、こうでもないとやりながら目標の本数を切り終わった時には、日が少し傾き始めていた。

堂の縁側に戻って氷の入った茶で喉を潤《うるお》す。拓己はにじんできた汗を手の甲で拭《ぬぐ》った。

長くなった堂の影に隠れるように、ひろが庭で猫をかまっていた。ひろの傍には小さな黒猫がすり寄ってきている。

堂の中では、仁が切った枝を袋にまとめてくれていた。

「悪いな。助かった」

「明日、志摩さんとこに持っていくんやろ」

拓己がうなずくと、仁が奥から小さな箱を二つ重ねて持ってきた。

「これ渡しておいてくれへんか。うちも志摩さんに世話んなってん。そのお礼やて伝えて」

「ええけど、志摩さんと何かあったんか?」

「下見のついでに、うちの庭も面倒見てくれはったんや。母さんがえらい喜んでたから」

仁が笑った時、堂の奥にある庫裏がにわかに騒がしくなった。仁が舌打ちをする。

「やかましいのが戻ってきよったな」

仁の弟たちだ。双子の兄弟で中学で剣道をやっている。高校生のころ、仁の試合の応援に来ていて拓己とも何度か会ったことがあった。騒がしい足音がばたばたとこちらに向かって走ってくる。

「拓己さん来てる!」

「ほんまや!」

双子の兄が直《なお》、弟が俊《しゅん》だ。二人とも仁をそのまま幼くしたようで、キリリとした眉も笑うと少し下がるまなじりもそっくりだった。

仁がダンッと足で床を踏み鳴らした。

「直、俊、挨拶ー！」

二人ともびくりと硬直する。

「ちわっす拓己さん！」

「ちわっす！」

拓己が小さく笑った。

「手土産あるから、食べてや」

「ほんま!?」

「やった、ありがとう！」

二人の中学生はうれしそうに庫裏に向かって戻っていった。

「ったく、最近腕上げたからて調子乗ってるんや。一回シメんとあかんな」

仁の口元がうっすら笑っていて、走っていく弟たちの背を柔らかな目が見つめていた。

拓己は小さくつぶやいた。

「お前も兄貴なんやなあ」

ぶっきらぼうに見えて陶子《とうこ》のことを心配していた大地《だいち》のように、仁もまた弟を大切にしているのだとすぐにわかる。兄弟は、親子とも友人とも違う独特の距離感だ。

拓己にも兄が一人いる。

十歳年上の兄は蔵を捨てて東京で暮らしている。前に少し話す機会があって、兄には兄なりの考えがあり、それも正しいのかもしれないと、今は思うようになった。

けれどその時十四歳だった拓己は、兄はこの家と——そうして拓己自身を確かに捨てたと思ったのだ。あの時の絶望や悔しさは、大人になった今でも簡単に拭い去ることはできない。

拓己の小さなため息を拾って、仁がぽつりと言った。

「瑞人《みずと》さんとはまだあかんのや」

高校時代、仁とは多くを話したわけではなかったけれど、何かの折に兄のことを相談したことがある。

拓己はむっと口をつぐんだ。

「……あいつより、おれの方がよっぽど兄らしいて思うわ」

庭に目を向けると、ひろが黒猫をかまっている。指先は猫を撫でているけれどその目はどこか遠くを見ているようだった。あれは風の音でも聞いたか、きれいな花でも見つけたのだろう。すぐにそっちに夢中になってしまって、自分の世界からなかなか帰ってこない。

危なっかしくて手がかかって、妹のような幼馴染《おさななじ》みだ。

「ひろは今両親と暮らしてへんし、一緒に住んだはるはな江《え》さんもあんまり家いてへんから。おれが見てといたらんとな」

仁が肩を震わせた。少し笑っているようだった。

「ひろちゃんとは兄妹《きょうだい》みたいなもんやて──お前はそう思うてるんやな、拓己」

仁のそれは、じくりと拓己の心の一番奥深い部分を突き刺した。

──そうだ、兄と妹のようなものだ。

自分でずっとそうだと言ってきた。

仁がこちらを見ている。その瞳の奥に含むものを感じて、拓己は苛立《いらだ》ちのままに縁側から立ち上がった。

「帰るわ」

仁は軽くうなずいただけだった。

ひろを呼びに行った仁の背を見つめて、拓己は無意識に眉をひそめていた。

だからこいつは厄介《やっかい》なのだ。

自分の知らない心の内まで見透かされそうで。拓己は誰にともなく小さく舌打ちをした。

次の日、ひろと拓己は宇治へと向かった。紫陽花の枝を志摩に渡すためだ。紫陽花は挿し木で増やすことができるが、枝から土に植えるまでには時間が必要だ。その期間を志摩が請け負ってくれることになっていた。

朝から重い雨が降り続いている。京阪宇治駅で降りて宇治橋まで歩いた時。ひろは少し驚いた。春にも一度訪れているが、その時とまるで景色が違って見えたからだ。

傍《かたわ》らに望む山は白くけぶり、濡れた重みのある緑色が山全体を覆っている。

宇治橋の眼下には、宇治川がどうどうと重い音を立てていた。あちこちでぐるぐると渦を巻き、しぶきを蹴立《けた》てて力強く流れていく。見ているだけで引きずり込まれそうな迫力で、ひろはなんだかぞっとして橋桁《はしげた》から身を引いた。

志摩の家兼事務所は、平等院《びょうどういん》の参道から少し離れたところにあった。

小さな洋館風の二階建ての家で、生け垣で囲われている。そこからはあふれんばかりに、木が生い茂っていた。

細い柳の枝が揺れる下には、つつじの赤や白色が見え隠れしている。二階のバルコニーからは外にせり出すようにプランターが設置され、鉢植えの紫陽花やサルビアが薄紫に色づき、スイートピーが屋根に向かってつるを這《は》わせていた。

出迎えてくれた志摩は、相変わらずにこりともせずに拓己とひろを迎え入れてくれた。歳《とし》はひろや拓己の父と同じぐらいだ。背が高くがっしりとしていて、一見怖く見えるのでひろはいまだに少し緊張してしまう。

事務所として使っているリビングからは、志摩の庭が見えた。拓己と志摩が庭の相談をしている間、ひろは手持ち無沙汰《ぶさた》にじっと庭を眺めていた。

ひろは志摩の造った庭が好きだ。絵の具を振りまいたようなたくさんの色彩と、所狭しと詰め込まれた草花に心が躍る。それでいて、一つひとつが本当に大切に育てられているとわかるからだ。

庭の色合いは、春から一変していた。

鮮やかな春の花は終わり、紫陽花やあやめの紫、濃い緋色が薄暗い雨の中に静かに色づいている。

春にはプランターがあった場所には、今は大きく深い陶器の鉢がいくつも用意されていた。鉢には水が張られ、大小様々な蓮の葉が空に向かって伸びている。

「――貰《もら》い物の蓮の種を育ててみたんだ。ずいぶん古い種で半分は死んでいたが、半分は芽が出た」

振り返ると志摩が立っていた。ひろはいつの間にか窓に張りつくようにして、庭のそれを見ていたらしい。拓己が笑った。

「ひろ、話終わった。志摩さんがお茶淹《い》れてくれはるて」

リビングにハーブの香りがふわりと漂う。志摩が用意してくれたガラスのポットには、たくさんの種類のハーブが入っていた。ぶっきらぼうな様子からは想像できないほど、志摩の淹れたハーブティーはおいしい。

「志摩さんは、ハーブも育ててるんですね」

ひろは窓の斜め下にある小さな畑を指した。ミントのポットがいくつかと、カモミールやタイム、バジルなどの数種類のハーブが丁寧に植えられている。

「……ああ。そこから摘んでいる」

志摩がうなずいた時だった。

志摩の足元を、とたとたと小さな影が走り抜けた。拓己が目を見開いた。

「志摩さんて、猫飼《こ》うたはりました?」

志摩が少し困ったような顔をしたのをひろは見た。

「いつの間にか家にいたんだ。藤本さんのところで見た猫だと思うんだが、ついてきてしまったのかもしれない」

野良だと聞いたから居着くままにしているらしい。

ひろは志摩の足元にしゃがんで、じっと猫と目を合わせた。毛並みは白と黒のまだら模様。尻尾は黒でふわふわと揺れている。目はほんのり青みがかって見えて、珍しいなと思った。

「志摩さん、この子の名前はあるんですか？」

「アカイロ」

志摩はぼそりと言った。

「最初見た時、目が赤く見えたんだ」

ひろは不思議そうに首を傾《かし》げた。さっき見た時はほんのり青に見えたのだ。もう一度よく見ようと手招いたのだけれど、アカイロは志摩の足元にすりついて離れようとしなかった。

上から笑い声が降ってきて、見上げると拓己だった。

「ふられたな、ひろ」

ひろはむっと口を尖らせた。

「……志摩さんにすごくなついてるんだもん」

よく見ると、部屋の隅には猫用のおもちゃが転がっていて、台所の下には猫の餌が用意されている。志摩もこの新しい住人のことはまんざらでもないらしい。

ひろが諦《あきら》めきれずにアカイロを手招いていると、玄関の鍵がかちゃりと開く音がした。

「――ただいま」

幼い少女の消え入りそうな声でそう聞こえて、志摩が座っていた椅子《いす》からがたりと立ち上がった。

「梓《あずさ》……」

梓と呼ばれた少女は、拓己としゃがんだままのひろを交互に見て、ぺこりと頭を下げた。

「あ……お客さん、いたはったんや。こんにちは」

薄い青色のワンピースに白い靴下《くつした》、長い髪を二つに結っている。背中には赤いランドセルが見えた。

「おじいちゃんとおばあちゃん、今日遅いんやって。だからお父さんのところで待ってなさいって」

梓はむっつりとした顔のまま志摩に言った。その声は緊張で張り詰めているような気がした。

「……わかった」

志摩の声もずいぶん硬い。話の流れから梓は志摩の娘だろうとひろは見当をつけた。けれど志摩は足元を、梓はつんとそっぽを向いてお互いの顔を見ようともしない。

二人の間に妙な緊張感がにじんでいて、ひろはゆっくりと立ち上がって拓己の傍に寄った。

「わかった。手を洗って、それから宿題があるならそれを先に——」

「……わかってる」

梓は志摩を遮《さえぎ》るように、ランドセルを床に放った。リビングの重い窓を両手で開ける。志摩があわてて手を伸ばした。

「梓、外は雨が──」

「放っといて」

幼い声ににべもなくそう言われて、志摩はおずおずと行き場のない手を下ろした。その足元をアカイロがたたっと駆けていく。窓が開いたのを待ちかねたように、外へ飛び出していった。

開け放されたリビングの窓から、しとしとと雨の音だけが忍び込んでくる。志摩は、梓が駆け出てしまった庭の向こうをじっと見つめていた。

ひろがどうしていいかわからずにおろおろしていると、拓己が落ち着いた声で言った。

「志摩さんて、娘さんいたはったんですね」

こういう時は拓己の方が上手だ。ひろは余計なことを言わないように、じっと唇を結んだ。

今まで何度か志摩の家を訪ねたけれど、子どもがいるような気配はなかった。一人暮らしには大きな家だとは思っていたけれど、事務所と兼用ならそうなのかもしれない、と感じたぐらいだ。

「……今年で十二歳になる。近所におれの両親が住んでいて、いつもはそこにあずけている」

志摩は何か重いものを飲み込むように、かすれた声で続けた。

「──妻が亡くなってから、女の子の梓をおれでは育てられないと思ったんだ」

志摩がわずかに顔を伏せた。変わらない表情の奥で目だけが悲しそうに揺れている。

──これがこの人の『悲しい』なのだ。

ひろはそれに気がついて、胸の前でぎゅうと手を握りしめた。

言葉にも顔にも出さないけれど、その目だけが示している。

志摩は庭をちらりと見ては、またうつむいてしまう。心配だけれどどうしたらいいのかわからない。そういう風にひろには見えた。

外は雨だ。気温は低くないけれど、あんな小さな子が雨に打たれたままなのは心配だ。

「わたし、行ってきます」

ひろは一度玄関に戻ると、自分の傘をとってリビングに戻った。

庭へ降りてすぐ左、家の壁面に寄り添うように造られたハーブ畑がある。梓はその傍で、雨に打たれたままじっと畑を見つめていた。

その背が何かをこらえているかのように、時折小さく震える。

ひろは一つ息を吸った。初めて会う人と話すのはまだ幾分緊張する。

「……あの」

ひろが、傘を差し出そうとした時だった。


――だめ。


最初は鈴の音かと思ったほど、小さくて可憐《かれん》な声だった。

ひろはあわてて周りを見回した。

梅雨の時季は生き物が多い。生き物や草花たちの中には不思議なものも混じっていて、ひろの耳はその声をとらえることができる。

――だめ。

梓の足の周りを、猫のアカイロがぐるぐると回っていた。時折、ふわふわの小さな手で梓の足をぱちぱちとたたく。

あの猫だ――。

「……やめて」

梓はうっとうしそうにアカイロを払いのけて、ずぶ濡れのままこちらへ向かってきた。ひろに小さく会釈《えしゃく》して、無言でリビングへ上がる。

言葉少なにきりりと唇を結んで、かたくなに何かを拒絶している。それがたった十二歳なのに全部胸の内に飲み込んでいるみたいに、ひろには見えた。

梓の後からアカイロが我が物顔でリビングに駆け込んだ。

声はもう聞こえなかった。

蓮見神社の小さな境内には、たくさんの草花が所せましと植えられている。生け垣の椿《つばき》、池の睡蓮《すいれん》、あやめに紫陽花、季節ごとに色が移り変わる庭は、確かに志摩の手で造られたものだ。

その庭をのぞむ小さな客間で、はな江が頬《ほお》に手をあててゆっくりと首を傾げた。

「——志摩さんなあ」

ひろの祖母、はな江はあちこちから相談を請け負っていて、いつも朝から走り回っている。今日は珍しく夕方からの仕事だというので、ひろと拓己は宇治から帰るなり蓮見神社にいたはな江をつかまえて、志摩のことを聞いた。

出かける前だというはな江は、白い髪をきりりと後ろにまとめ、藍の着物に灰色の帯、帯紐《おびひも》だけが鮮やかな黄色だ。

蓮見神社の庭を整備したのは志摩の父だ。志摩家は代々宇治で造園業を営んでいて、志摩──穂《みのる》は四代目だった。

「中学生ぐらいからお父さんに弟子入りしたはってな。うちの庭もお父さんと一緒に手がけてくれはったんよ。でも一回東京の大学に行かはって、しばらく向こうで仕事したはったんとちがうかな」

もともと口数の少ない志摩だ。関西の言葉はその時にずいぶんと修正されたらしい。今ではわずかにニュアンスを感じる程度だった。

二十代の終わりに京都へ戻ってきた志摩は、父の跡を継いで志摩造園の主になった。

「その時に、向こうで結婚した奥さんも連れて帰ってきはって──」

はな江がわずかにその顔を曇《くも》らせた。

「……しばらくして、こっちで亡くならはったて聞いたわ」

病気だったそうだが、はな江も詳しくは知らないと言った。ただ小さな娘がいたことは知っていて、蓮見神社の庭の手入れをする時に、連れてきたこともあったそうだ。

はな江は時計を見て、せわしなく立ち上がった。拓己が頭を下げる。

「忙しいところ、引き留めてすいません」

「ええんよ。お茶だけ出していくさかい、拓己くんも食べていって」

はな江はあたたかなほうじ茶と、三角形の和菓子を出してくれた。

「水無月《みなづき》ですね。もうそんな時期でしたっけ」

「ほんまはもうちょっと先やけど、わたしが好きやから見つけたら買《こ》うてしまうんよ」

厄払《やくばら》いを兼ねて六月末に食べられる水無月は、ひろにとってはあまり馴染みのない菓子だ。

白い三角形のういろうの上に、ほろほろに煮た小豆《あずき》が乗せてある。つやつやと光る小豆が宝石のように見えた。

きっとこれはシロも好きだろう。ひろはシロが喜ぶ顔を思い浮かべた。最近は雨続きでシロも人の姿で訪ねてくることが多い。

「おばあちゃん、この水無月ってあまってる?」

「台所に置いてあるから、勝手に食べてええよ。冷蔵庫入れたら固うなるからやめてや」

祖母は出かける準備をしながら言った。

シロのことは、ひろと拓己しか知らない秘密の友人だ。しかし、ひろのところに何者かが訪ねてきていることは、祖母も知っているのかもしれない。

面と向かって言えないのは、ひろがいつも消えない不安を抱えているからだ。

――祖母がシロをだめだと言ったら、どうしよう。

失われた池の水神であるシロとの関係がどこか危うさをはらんでいて、それを拓己が心配してくれていることも知っている。

それでも曖昧《あいまい》にしておくのは、ひろがシロの手を放せないからだ。

放っておけばどこか遠くに行ってしまいそうな、あの寂しい人の手を放すことは、ひろにはできない。

ひろは胸の内の不安を振り払うように、一つ首を横に振った。

はな江が仕事に行って、ひろと拓己は場所を清花蔵にうつした。

食卓には香ばしい匂いが立ちこめていた。細長い皿に一人一匹、鮎《あゆ》の塩焼きが乗っている。尻尾とひれにはしっかりと塩がまぶされていて、皮はほどよい焼き目でぱりぱりとはじけていた。

拓己が声を弾ませた。

「鮎や」

「拓己、川魚好きやもんなあ」

そう言いながら実里《みさと》がガラスの大皿をひろに勧めた。

「今日はお魚屋さんが、ええ鱧《はも》が入ってる言うから買《こ》うてしもてん」

細かく切り目の入った鱧の身を湯引きして、花が開くように身を立たせる鱧の落としは、この時季の風物詩だ。

実里がむすりと唇を尖らせた。

「お父さん、鱧だけは自分がやる言うてうるさいんよ」

正《ただし》がふん、と鼻息荒く言い返す。

「お前がやると切り目がぶ厚なるからやろ。幅かてバラバラやしきれいにならへん」

「普段、台所なんか立たへんくせに、こういう時だけ料理人ぶるんやで」

実里が頬を膨らませた。拓己が呆れたように肩をすくめた。

「そら母さん不器用やからな」

実里も正も仕事柄、仕込みの時期は休みなく働いていて、互いに顔を合わせる間もないほどに見える。閑散《かんさん》期にこうやって同じ食卓を囲むのが、三人ともにそれぞれうれしいのだろう。

拓己の家の家族はあたたかい。ひろもその仲間に入れてもらえたようで、ここにいると安心する。

それと同時に、時々心がからっぽになったように思う瞬間がある。

ひろの母は東京にいて、父はアメリカにいる。幼いころから父は傍にいないのが当たり前だった。

そういうものだと思ってきたはずなのに、時々やっぱり寂しくなる。

蓮見神社に帰った後、ひろは自分のスマートフォンを見て瞠目《どうもく》した。メールは母からだった。

先日ひろが送った進路希望票に対しての返信だ。ひろは三つの欄すべてに、京都の大学を書いた。きっと何か言われるだろうと思っていたら、返答は予想外の方向からやってきた。

『お父さんが、進路についてひろと話したいと言っています。都合のいい日を教えてください』

どうしよう、とひろはスマートフォンを握りしめたまま硬直した。

父と最後に会ったのは、去年の八月。一年近く前のことになる。電話したのはそういえば四月に学年が変わったことを報告したきりだった。

ひろは途方に暮れた。

いざ話せと言われて、何を話せばいいのだろう。

……父は、ひろがどうするべきだと思っているのだろうか。

次の週の終わり、学校が終わって清花蔵へやってきたひろは、拓己と再び志摩の家を訪れた。

宇治への道中で、ひろは拓己にぽつりと父のことを話した。

父との電話は時差があるため、日にちと時間の都合が合わないのをいいことに、ずるずると返事が先延ばしになっていた。

「ひろのお父さんか。昔に一回ぐらいしか会ったことあらへんな。おれもあんまり覚えてへんわ」

ひろはうつむいた。

「何を話せばいいか、わからないの」

「そうか、おじさんずっと向こう行ったはるもんな」

進路のこと、学校のこと、京都に残るか東京へ戻るか。面と向かって父とそういう話をするのかと思うと気が重い。

前を歩いていた拓己が、ひろの背をとん、とたたいた。

「それでええやろ」

ひろはぱちりと瞠目した。

「一年会《お》うてへんで、三カ月話もしてへんのやろ。そうやったら何にも話せんでも、すぐ終わってしまっても。おじさんはたぶん、ひろの顔が見たいとおれは思うよ」

そうだろうか。拓己の手のひらのあたたかさが、背にじわりと残っている。

「……そうなのかな」

ひろはそれだけでなんだか、肩が軽くなったような気がした。

宇治の空気は、雨の名残でうっすらと白くけぶっている。雨は上がっているものの、雲は厚く空は見えない。

仁の寺からうつした紫陽花の根付きの具合を見るついでに、志摩の庭から、清花蔵の庭に必要そうな花を選びたいと拓己は言った。

「それに、アカイロのことも気になるんやろ」

ひろはうなずいた。拓己には、猫のアカイロの声のことを話している。

「だめ、ってずっと言ってたの。何がだめなんだろう……」

ひろは、自分にこの声が聞こえる意味について考えることがある。

もしこの小さな声が聞こえるのがひろだけなら、置き去りにされてしまった人ではないものや、それにかかわる人たちの想いを拾うことができるのも、ひろだけだ。

だったら、できるだけ向き合っていきたい。それが志摩や梓にかかわりのあることなら、なおさら放っておきたくないのだ。そう言うと、拓己が肩を震わせて笑った。

「ひろも蓮見神社の子なんやなあ」

ひろがぱちりと目を瞬《またた》かせた。

「はな江さんもそういうの放っておけへん人やから、ああいう仕事したはるんやろ」

確かに祖母は、毎日あちこちを訪問したり、たくさんの人と会ってその人たちの悩みや困りごとを聞いている。それは生半可な覚悟でできることではないと、ひろも思う。

――水のことは蓮見さんへ。

そうすれば必ずなんとかしてくれる。蓮見神社を継ぐということは、そういう信頼も一緒に背負うということだ。

それはきっと、とても重い。ひろは一つため息をついた。

その日出迎えてくれた志摩は、どこか疲れ切った顔をしていた。

「大丈夫ですか?」

拓己が挨拶も抜きで思わず聞いてしまうほどだった。志摩はうなだれるようにうなずいた。

このところ毎日梓がやってくるという。今までは週に一度の日曜日だけで、それもすっぽかされることの方が多かった。

「……梓はずっと怒っているように見える。何を話していいか……」

どうしていいかわからない。リビングの障子《しょうじ》の向こうをじっと見つめて、志摩はつぶやいた。

リビングの障子が開いて、梓が猫のアカイロを抱えて出てきた。

「お父さん、この猫、お仏壇で爪とぎしよるんやけど」

不機嫌そうにアカイロを父へ押しつけた。志摩は自分が悪いことをしたかのように、無表情のままつぶやいた。

「……最近そこが気に入ったみたいだ」

「やめさして。お母さんのお仏壇なんよ」

そのまま梓は父をにらみつけるように見上げた。

「……お父さん、ちゃんとお母さんにお線香あげてるん？」

「あ、ああ。ちゃんと朝に……」

梓は何か言いたそうに一度仏壇の方を見て、やがてぐっと唇を結んでしまう。志摩が障子を閉めてアカイロを床へ放した。

「梓……お茶を淹れるから」

梓の顔がわずかにほころんだように見えた。

「……いる」

志摩がほっと肩から力を抜いたのがわかった。リビングの緊張感がほどけた気がして、ひろも肩から力を抜いた。

「じゃあ、畑行ってきてくれるか」

梓は無言でリビングの窓から庭に降りた。

志摩は体を縮めたまま、キッチンでいつものハーブティーを淹れてくれた。何種類かの葉のままのハーブを洗い、ガラスのポットに入れる。少しずつ蒸すようにお湯を注ぐと、部屋中に香りが広がった。

庭では、梓が畑の傍にしゃがんでいるのが見えた。ひろは志摩を手伝いながら言った。

「梓ちゃん、このハーブティー好きなんですね」

「これを淹れる時だけなんだ。梓がおれと一緒にいてくれるのは」

ひろは志摩を見つめた。またあの瞳だ。目の奥で悲しみが揺らいでいる。

「……香織《かおり》が。妻が、よく淹れてくれたんだ」

志摩の大きな体が、一度震えたように思えた。

ああそうか、とひろは納得した。

志摩がことさら丁寧にこのお茶を淹れるのも、梓がこのお茶だけは志摩と一緒に飲むのも。これが二人がなくしてしまった、とても大切なものの思い出だからだ。

畑でしゃがんでいる梓は、ハーブの葉を優しく撫でている。

あの畑も、梓の母が遺《のこ》したものなのかもしれない。

その時、外で梓の叫び声が聞こえた。

「やめて！」

拓己と志摩がそろって窓へ走った。一歩遅れて、ひろもあわてて庭へ向かう。

「あかん、その畑はあかんの！」

梓がぬかるんだ畑にしりもちをついて、半泣きで叫んでいた。目の前の小さな畑では、アカイロが毛を逆立てていた。体中の毛をぶわりと膨らませ、梓に向かって尖った歯をむき出しにしてうなっている。

——だめ！

「拓己くん！」

ひろは拓己の服を引っ張った。拓己が小さくつぶやくように言った。

「ひろ、聞こえるんか？」

ひろはうなずいた。

——だめ。

「同じ。ずっと『だめ』って言ってる」

アカイロの爪の下で、ハーブの葉がちぎれてぐちゃぐちゃになっていた。ミントの小さな植木鉢が一つ割れていて、畑は踏み荒らされている。

手を伸ばそうとする梓に、アカイロは威嚇《いかく》するように歯をむき出した。

「嫌や、ぐちゃぐちゃにせんといて——そこは、お母さんの畑なん！」

泥だらけの手を振り上げて、梓は叫んだ。

「梓」

志摩が梓を後ろから抱えた。

「梓。部屋に入ろう。風呂に入って着替えた方がいい。アカイロはおれがなんとかするから」

志摩が梓とリビングに戻ると、アカイロは途端におとなしくなった。ぐちゃぐちゃになった畑の真ん中で、泥のついた顔をぐしぐしとこすっている。やがてそれにも飽きたのか、開いたままになっていたリビングの窓から、しれっと中に入っていった。

拓己とひろがリビングに上がると、アカイロは泥の足跡を残しながらリビングを走り回っていた。拓己がひょい、と猫の腹を両手で抱え上げる。

「捕まえた。大暴れやなお前……」

服が泥で汚れるのも気にせずに、拓己は猫の額《ひたい》を指先で軽く撫でた。猫は不満そうに尻尾で拓己の腕をばしばしとたたいている。拓己は顔をしかめた。

「お前、なんや白蛇に似てる気ぃするわ」

確かにとひろは苦笑した。拓己の腕で不機嫌そうにぐるぐるうなっている様は、シロにそっくりだ。

「ひろ、こいつ拭いたって。おれ部屋の中片づけるし。そいつの足跡でえらいことになってる」

ひろは拓己からアカイロを受け取った。志摩から借りたタオルで、アカイロを拭いてやる。青みがかった瞳が不機嫌そうに揺れていた。

後ろから小さな足音がした。振り返ると部屋着に着替えた梓がいた。アカイロを床へ放してやって、ひろは梓におずおずと話しかけた。

「大丈夫?」

「……大丈夫です。あの……ごめんなさい。お姉さんはお父さんのお客さんやのに、お片づけとか……」

梓がぺこり、とひろに向かって頭を下げる。それが妙に大人びていて、ひろの方があわててしまった。

「あの大丈夫だから。梓ちゃんはちょっと休んでた方がいいよ」

ほら、と仏壇の部屋を指す。うなずいて、そちらを見た梓が小さな悲鳴を上げた。

「わっ」

仏壇の横でアカイロが満足そうにごろごろ鳴いている。その足元には爪と歯でこじあけられた線香の箱から中身がざらりと散らばっていた。仁の寺の線香だ。

いつの間にとひろがあわてていると、やってきた志摩がため息をついて、猫の届かない高い棚の上に箱を置いた。

「香りが強くてほかのものにうつるから、外に置いておいたんだ。いい香りなんだが、アカイロは気に入らなかったみたいだ」

抱え上げられた志摩の腕の中で、アカイロは関係ないとばかりに、ふい、とそっぽを向いた。

仏壇には黒い漆塗《うるし》りの位牌《いはい》が一つ入っていた。電気で灯《とも》すろうそくの横に、線香立てが置いてある。そこには朝にたいた線香の名残が、灰として残っていた。仁の寺の線香をたいていたのだろう。あまった束が仏壇の横に置かれていた。

梓はじっとそれを見つめた。

「……お父さんの阿呆《あほ》」

何か言いたげに顔をしかめた後。それきり梓はむす、と口を閉ざしてしまった。

その日の夜、ひろと拓己は清尾家の縁側で仁に電話をした。拓己がひろにも聞こえるようにスマートフォンを真ん中においてスピーカーにしてくれる。

その向こうで、仁がうなった。

「――猫ていっぱいおるからわからへんわ。うちで飼《こ》うとるわけでもないし」

「目の色がちょっと珍しいんです。青か……赤かもしれなくて」

「どっちなん?」

それは、とひろは言葉を詰まらせた。アカイロの目はひろが見ると青みがかっているように見えるのだけれど、志摩は赤だったと言う。

その猫がどうかしたのか、と問われて、ひろと拓己は顔を見合わせた。拓己がため息交じりに言った。

「志摩さんちでその猫が大暴れしててな。どうも……妙な様子やから」

「ああ……そうか」

それだけで、仁には伝わったようだった。

仁もあの大きな寺の跡継ぎだ。この土地にはそういう不思議なことがあって、それをきちんと飲み込んで生きている。

「猫は祟《たた》るて言うけど、あの志摩さんが何かしたとも思えへんしなあ」

それにはひろも拓己もうなずいた。

志摩はぶっきらぼうで顔も怖いけれど、優しくあたたかい人柄だ。アカイロのことも、勝手についてきた野良猫だと知りながら、追い出そうともせずにかわいがっていた。

仁が電話の向こうでううん、とうなった。

「母さんにも聞いてみるけど、なんかほかにおれにできそうなことあったら言うてくれ——志摩さんには、うちも世話んなったから」

「そういや前も言うてたな」

拓己が問うた。

「ああ。うちの紫陽花が、知らん間に檀家《だんか》さんの墓んとこに生えてきてたらしくてな。それがものすご赤かったらしくて、気味悪いて引っこ抜いてしまわはったんや」

檀家にそう言われた手前、庭に植え直すこともできない。枯れかけたまま放置されていたそれを、紫陽花の下見に来ていた志摩が見つけた。

「それで、まだ生きてた枝を持って帰ってくれはって、うちで育ててみるて言うてくれはったんや」

この間の線香はそれのお返しらしい。

その後仁は母にも聞いてくれたようだったが、やはり知らないという。拓己とひろは仁に礼を言って電話を切った。

結局何もわからずじまいだと、ひろは小さくため息をついた。アカイロのことも気になるけれど、梓も何か志摩に言いたいことがあるようにひろは思う。

拓己と縁側に腰かけて、空を見上げた。

ここのところ厚い雲に覆われた夜空が続いている。そういえばしばらく、月の金色を見ていないな。

ひろがそう思っていると、足元から白蛇のシロが顔を出した。月のような金色の目がくるりと電灯に反射する。

「シロ」

ちょうどよかった。シロは不思議なものごとに、ひろや拓己よりずっと詳しい。あの猫のこともわかるかもしれない。そう思ったひろは、シロの目をのぞき込んで眉を寄せた。

「シロ？」

シロはひろを見上げて、しばらくじっと黙ったままだった。混乱しているようにその金色の瞳を揺らめかせている。無言で見つめられるのがなんだか気恥ずかしくなって、ひろはシロを自分の膝の上にすくい上げた。

「どうしたの、シロ?」

「……いや」

ひろ相手に、シロが言葉を濁《にご》すのは珍しい。落ち着かないようにあちこち首を振って、やがてするりとひろの頬にすりついた。

横から手が伸びてきて、拓己がシロの体をわしづかみにした。

「やめとけ、白蛇」

いつもならばたばたと暴れて一戦交える勢いのシロが、くたりとぶら下がったままだ。これはいよいよおかしいと、ひろは拓己と目を合わせた。

「白蛇が元気ないと気味悪いな。夏バテか? 蛇って夏バテすんのやろか」

「……知らん」

ふい、とそっぽを向いて拓己の腕から逃げると、ひろの膝にするりと伸び上がる。その上でまた落ち着かないようにあちこち動き回っていた。

拓己は一つため息をつくと、台所から日本酒の一升瓶《いっしょうびん》と小さな盃を持ってきた。シロがぴくりと鎌首《かまくび》をもたげた。

「『清花』か?」

「ああ。内蔵のな」

シロの金色の瞳に、輝きが戻った気がした。

清花蔵には酒造工場のほかに、母屋の奥に古い小さな蔵がある。みなが『内蔵』と呼んでいるそこでは、昔のつくり方そのままに神酒《みき》が仕込まれていた。本物の神にささげるために仕込まれるそれは、清花蔵の中でも清尾家と古い蔵人《くらびと》や杜氏《とうじ》しか知らないことだ。

「今日、内蔵でも呑《の》み切りをやったんや。特別や」

呑み切りは、その仕込んだ酒の熟成具合を確かめるために、桶《おけ》やタンクを開けることだ。

清花蔵は最初の呑み切りを六月に、次を八月にやると決まっている。

拓己が一升瓶を開けた。ひろのところまでとろりと濃い米麹《こめこうじ》の匂いが漂ってくる。仕込みの最中の秋から春にかけては、この匂いが伏見の街中に広がるのだ。

盃に注がれた酒を、シロが赤い舌でちろりと舐《な》めた。

「――いいな」

金色の瞳を煌々《こうこう》と輝かせて、シロは満足そうにそうつぶやいた。

清花蔵の『清花』は、かつて荒ぶる水神を鎮めるために作られ始めたという。その味は不可思議なものに好まれるらしい。

シロがようやくうれしそうに盃に口をつけたので、ひろはその頭をくるくると撫でた。

「元気ないみたいだったから、よかった」

シロは空になった盃をじっと見つめて、つぶやいた。

「——懐かしい匂いがした」

シロがひろを見上げる。

「ひろ、今日はどこに行ったんだ」

「志摩さんのところだよ。ああ、そうだシロ——」

ひろはシロにアカイロのことを話した。ひろが声を聞いたアカイロは、たぶん普通の猫ではないだろうということ。志摩の家にいつの間にか住み着いていて、度を超えたいたずらをしては度々志摩たちを困らせているということ。

それを聞いたシロは、ふうん、と一つつぶやいた。

「……確かに、もう一つ気配がするな」

「もう一つ?」

「いや」

シロは首をゆるく横に振った。

「だがひろからも跡取りからも、獣《けもの》の臭いはしない」

「じゃあ、本当は猫じゃないかもしれない、ってこと?」

「さあ。何か化けているか。恨みのある感じではなさそうだから、放っておけばいい。ひろには関係がないだろう」

シロがひろの膝にするりと上がった。そこにとぐろを巻いて満足そうに落ち着く。

「お前、二言目にはいつもそれやな」

拓己が呆れたように言った。

それより、とシロは金色の瞳でじっとひろを見つめた。瞳の奥に剣呑《けんのん》な色がひらめく。

「……その猫だかなんだかわからないものを、膝に乗せただろう」

「うん。泥だらけになったから拭いてあげたんだ。見た感じも触った感じもちゃんと猫だったんだよね。ふわふわで、すごくいい毛並みでかわいかったんだ」

シロが不機嫌そうに、ふん、と鼻を鳴らした。白い鎌首をもたげて正面からひろを見つめる。

「いいかひろ、やすやすと膝を許すな。ここはおれのだからな」

「お前のでもないわ」

横から拓己がシロの体をわしづかんだ。

「放せ跡取り！」

拓己の手の中でじたばた暴れるシロを見て、ひろはほっとした。シロの調子も戻ってきたように見える。拓己の手をばしばしと体でたたいているシロは、やはりアカイロに似ている。

拓己も同じことを思ったのだろう。口元をゆるくつりあげて笑った。

「あの猫、白蛇に似てる思たけど、お前の方がかわいげないわ」

「なんだと！」

シロがそれは一大事、とばかりにひろに視線を向けた。

「……その猫と、おれとどっちがかわいいんだ、ひろ」

どうだろうか。見た目も手触りも全然違う。シロはひやりと冷たくてうろこはなめらかだ。くるりと丸い金色の瞳がとてもきれいだといつも思う。

あの猫は白黒のふわふわとした毛並みと、ぴこぴこ動く耳がとても愛らしいと思う。もともとひろは生き物が好きだ。

「……甲乙つけがたいかなあ」

シロがあわてて拓己の手を抜け出した。ひろの傍にやってきて焦ったように鎌首をもたげる。

「待て、ひろ。だめだからな」

拓己が呆れたようにつぶやいた。

「お前、かわいいポジションも狙ってんのか……なんでもええんか」

深くため息をついて、拓己はシロを見下ろした。

そうだ。この白蛇はひろ以外は全部どうなってもかまわないと思っているふしがある。ひろのなにもかもを、全部独り占めしてしまいたいのだ。

だから拓己には少し不思議だった。

さっきまでのシロは、ひろの傍にいながら、ずっと遠くを見つめている気がしたからだ。その金色の先にはきっと、この不思議で恐ろしい生き物が、たった一人でずっと抱えている何かが、あるのかもしれなかった。

3

シロは、猫が志摩に恨みがあるわけではなさそうだ、と言った。本当に猫なのか、それとも何かが猫の姿をしているだけなのか。梓と志摩のことも気になるけれど、こちらは家族の問題だから首を突っ込んでいいのかひろにはわからない。

一度様子を見ようか、と拓己とそう決めた矢先。

連絡は、志摩の方からかかってきた。

その日もしとしとと重い梅雨の雨が降っていた。学校から帰ると蓮見神社で拓己が待っていた。拓己はひろが着替えるのを待って切り出した。

「志摩さんから連絡が来て、おれたちがあずけた紫陽花が、だめになったかもしれへんて」

どうやら、原因はやはりあの猫にあるらしかった。

急いで訪ねた拓己たちを出迎えた志摩は、心なしか憔悴《しょうすい》した様子だった。

リビングにはランドセルが転がっていて、いつもより乱雑に見える。今日も梓が来ているのだろう。いつもひろたちが来ると挨拶くらいはしてくれるのだが、今日は閉め切った障子の向こうで、うんともすんとも言わない。

妙な緊張感の残滓《ざんし》があるような気がして、ひろは知らず知らずのうちに背筋を伸ばしていた。

志摩は拓己を前に、すまない、とつぶやいた。

うつした紫陽花が根付くまで小さな鉢で育てていたのを、アカイロが全部だめにしてしまったそうだ。

「アカイロに気をつけて、清花蔵の枝は二階でやってたんだが」

ひろと拓己は、どちらともなく天井を見上げた。

二階のバルコニーには、外に向かってプランターが張り出している。そのあたりは一日中日陰になっていて気温も上がりにくい。そこで挿し木から苗を育てていたそうだ。

アカイロがしきりに二階に上がりたがるものだから、階段には柵をしていた。けれどい

つの間にかバルコニーにいて、プランターの傍で大暴れしたそうだ。

拓己は、台所でそしらぬ顔をして水を舐めているアカイロを見やった。

「お前なあ……」

志摩は拓己の前で肩を落とした。

「残った枝でもう一度挿し木を試しているが……。もし難しいようなら、おれが藤本さん

のところへ行って、もう一度枝をもらってくる」

「気にせんといてください。志摩さんのせいやあらへんし。仁には一応伝えときますけど、

うちは施工に間に合えば大丈夫ですから」

志摩がどこかほっとしたようにうなずいた。

せっかくだから飲んでいってくれと、ハーブティーを淹れてくれている間、志摩の口か

ら小さなため息がこぼれているのは、ひろも気がついていた。

理由を聞いてもいいものだろうか。ひろがそわそわしていると、拓己が折を見て問うた。

「志摩さん、梓ちゃんと何かあらはったんですか」

「……いや」

「ずっと障子の向こう、見たはりますけど」

無意識だったのだろう。志摩ははっとした様子で顔を上げた。わずかにうつむいて、ずいぶんたった後。志摩が視線を向けたのはひろだった。

「聞きたいことがあるんだが」

一つ前置きをして、志摩は続けた。

「……父親が授業参観に行くというのは、娘としてはやっぱり……嫌なものなのか？」

志摩の声がだんだんと小さくなる。授業参観、とひろは頭の中で繰り返した。

「えっと、梓ちゃんとそれで喧嘩《けんか》をしたんですか？」

「……ああ」

志摩が深いため息をついたのがわかった。真剣な気配を察して、ひろは自分の記憶をたどった。

ひろの記憶の中で、父が参観日に来てくれたことはない。そういう機会がひろに巡ってくる歳には、父はもうアメリカにいた。では母はというとこれも一度か二度の記憶しかなくて、ひろはうつむいた。

「……すみません。うちはお父さんが海外で働いていて……参観日に来てくれたことはなくて……」

たいしたことも言えずに、ひろは肩を縮めて謝った。志摩の瞳の奥が困ったように揺れた。

「そうか。すまない」

ひろにとって参観日も運動会も文化祭も、誰も来てくれないのが当たり前だった。周りの子がお父さんやお母さんに駆け寄る中、なんだか一人だけ取り残されたような気持ちになったのを覚えている。

「……だけど、誰も来てくれないのは寂しいと思います」

そう言うと、拓己のあたたかい手がそっと背をたたいてくれた。

「梓ちゃんの参観日があるんですか？」

「ああ……近所の人から聞いたんだ」

梓はもらっているはずの学校からのプリントを、志摩には渡さなかった。

「おれは行きたい。だけどこんな父親が行っても仕方ない。……おれは一度失敗したんだ」

静かな台所で、ハーブティーの香りだけが柔らかく広がっていた。

妻が亡くなってから、志摩は娘との付き合い方を見失った。それでも志摩は志摩なりに、懸命に梓と向き合っていたつもりだった。

妻が亡くなってから最初の参観日だった。けれどその日、志摩は予定していたより仕事が長引いて、作業着のままあわてて学校に駆け込んだ。

学校は休み時間に入っていて、たくさんの保護者と子どもたちが互いに交流する中。駆け込んできた志摩を見て、最初に笑ったのはクラスの女の子だった。

聞こえるか聞こえないかの小さな声で、隣の友だちにささやく。

「なあ、あれ、誰のお父さんなん?」

明らかにからかっているような声音《こわね》だった。

あわてて志摩は自分の格好を見直した。作業着は泥がついたまま、せめて長靴くらいは履《は》き替えたスニーカーは、何年も履いていてきれいとは言えなかった。

こんな格好で来るつもりはなかった。本当は、昔妻と選んだストライプのスーツも、磨いた革靴も用意してあったのに。

あわてて梓に声をかけようとして、志摩は途中で動きを止めた。梓がこちらを見ようとしないまま、ふい、とそっぽを向いたからだ。

「……わたしも知らへん」

憤《いきどお》りや寂しさより、申し訳なさが勝《まさ》った。

周りはスーツやポロシャツ姿の清潔感のある父親や、ワンピースやスカートで身だしなみを整えている母親ばかりだ。その中で自分は明らかに浮いていた。

もともと誰かと話すのは苦手な方だ。体も大きくて威圧感もある。にこやかに笑いかけることも苦手だ。

……父親として、自分はどうしたってうまくできない。

その時から志摩は、梓を父と母にあずけるようになった。参観日は梓の祖母が行くようになり、志摩は後からその話を聞くだけだった。

距離をあけると、さらにどうしていいかわからなくなる。娘は知らないうちに成長し、知らないことをたくさん覚えて――志摩一人が取り残されていくようだった。

「それで、しばらく学校にも顔を出していなかったんだが……」

昨日、梓の同級生の親から参観日があると聞いた。母に確認しても知らないという。だから志摩は梓に聞いたのだ。

「――参観日あるんだってな。おばあちゃんが都合つくかわからない。早めに言っておいた方がいい」

いつもの通り、「うるさいわ」、と幼い罵倒《ばとう》が返ってくるのだろうと思っていた志摩は、思いがけない梓の反応に息をのんだ。

両手の拳《こぶし》を握りしめて、梓がこちらをにらみつけている。

小さな体いっぱいに、怒りや悔しさを表しているようだった。

そういえばいつからか、この子は声を上げて泣かなくなった。いや、自分が知らないだけだろうか。

十二歳の女の子は、こんなにも我慢強くて大人びているのだろうか。

それとも、ただ梓が——年相応ではいられないからだろうか。

「——もうええ」

感情を持て余してどうしようもなくなったような、そんな声でそう言って。それきり梓は、ぴしゃりと障子を閉めて閉じこもってしまった。

志摩の視線は、ずっとリビングの障子を見つめていた。深いため息をついて、くしゃりと自分の髪をかき混ぜる。

「……紫陽花の様子を見てくる」

ハーブティーを放ったまま、志摩は二階へ上がっていった。ひろがあわてて腰を浮かせると、拓己が横から遮った。

「ひろ」

……そうか、志摩は少し一人になりたいのかもしれない。

ひろと拓己はどちらともなく庭を見つめた。小さな赤い傘がちらちら動いているのを、ひろは見つけた。仏壇の部屋からも、窓を開ければ庭に降りることができる。

「梓ちゃん、お母さんの畑が好きなんだね」

仏壇の傍かあの畑か。そこが一番母を感じられる場所なのだろう。幼くして母を亡くして、行き場のない寂しさを抱えている。そう思うとひろはきゅっと胸の奥が痛くなった。

その時、窓の外で赤い傘が跳ね上がった。

「やめて！」

拓己とひろが顔を見合わせる。拓己が小さくつぶやいた。

「またあの猫か」

リビングの窓に駆け寄ると、傘を投げ捨てた梓が、歯をむき出しにするアカイロとにらみ合っていた。

「やめて言うてるやん！」

梓の悲鳴交じりの声と、しゃあっと鳴く猫の声が同時に聞こえる。

ひろは、また鈴を転がすようなアカイロの声を拾っていた。

――だめ！

牙をむき出しにして、体中の毛を逆立ててうなっている。瞳はギラギラと光っていて、
梓の腕には引っかかれたであろう、四本の爪の痕《あと》が浮いていた。

アカイロはアカイロで、必死の様子に見えた。なんとしてでも梓をハーブ畑から追い出

そうとしている。

拓己とひろは雨に濡れるのにもかまわず、庭へ飛び出した。

梓は小さな侵略者から、母のハーブを守ろうと必死だった。小さな体をいっぱいにつっぱって、アカイロの前で手を広げる。

「だめなの！　お母さんの畑——お父さんが、大事にしてるんやから！」

ひろはアカイロを後ろから抱き上げた。

——だめ！　だめ！

鈴のような声が悲鳴のように響く。

「だめなのはきみだよ」

暴れる猫の爪がひろの腕をかすめる。

——はなせ。

アカイロの爪がひろの腕に食い込んだ。

「痛っ」

「ひろ！」

拓己の声が後ろから聞こえた。

アカイロも必死だった。尻尾をばしばしとひろの腕にたたきつけて、なんとか逃れようと身をよじっている。ふうう、とうなるアカイロの瞳は、濃く吸い込まれてしまいそうな青。それは梓の方を向いていた。

ぶわり、とアカイロの体が膨らんだ気がした。

自分をとらえる邪魔者に、アカイロは牙をむき出した。

――はなせ！

ぎろりと青い瞳がひろの方を向いた。アカイロはぶわりと膨らんだまま、なんだかわからない形に変化し始めている。

ひろの背筋がぞっと粟立《あわだ》った。

そうだ、もともとこれは猫ではなくて、なにか得体の知れないものが化けているのかもしれないのだ――。

ひろが目を見開いた時。真後ろからひろの腹に手が回った。同時に伸びてきた手がアカイロの首根っこをつかむ。

「――ひろ、大丈夫か？」

それは耳に心地よい、低くてとろけるようなシロの声だ。

腹に回った手も、背に触れているシロの体もひやりとしていて、人の体温を感じない。

その銀色の髪をしっとりと雨に濡らしていた。

シロはアカイロを拓己に向かって放った。

「跡取り、やる」

「うわっ！」

シロはそれきりアカイロには興味をなくしたようだった。シロがひろの腕をとってぎゅっと眉をひそめる。

「血が出ている。あれにやられたのか？」

ちらり、と金色の瞳が剣呑な光を帯びてアカイロをにらみつけた。拓己の腕の中で、アカイロがおびえたように身を縮める。何ものかに姿を変えようとしていたアカイロは、すっかり猫に戻っていた。

「帰ろう、ひろ。痛いだろう？」

ひろはあわててシロの胸に腕をつっぱった。

「大丈夫！　それよりアカイロと梓ちゃんが……！」

「放っておけ。ひろの傷の方が大事だ」

「だめ」

ひろがそう言うと、シロが不満そうに唇を結んだ。

拓己が小声で、焦ったようにシロに言った。

「おい白蛇、何しに来たんや」

外の騒ぎを聞きつけて、いつの間にか志摩が二階から下りてきていた。不審そうな顔でシロを見つめている。

「誰だ」

「すみません、志摩さん。おれらの知り合いで――」

とっさに言い訳をしようとした拓己の腕を、今度はアカイロが思い切り蹴った。

「うわっ！」

ぱしゃ、と泥に降り立ったアカイロは、梓に向かって鳴いた。

――にげて！

ぱき、と真上で何かがはじける音が聞こえた。

ひろと拓己が同時に見上げる。

金具のかけらが、トン、と音を立てて梓のすぐ横で地面にぶつかった。錆《さ》びて途中から折れたその金具を見て、ひろは反射的に叫んだ。

「――梓ちゃん！」

その瞬間、バルコニーにかかっているプランターの金具が、はじけ飛んだ。

ひろは梓の腕をつかんで、思い切り引っ張った。

「ひろ！」

シロと拓己の声が重なった。

二人の腕がひろと梓をかかえて、雨でぬかるんだ地面に突っ込んだ。

ガシャン！　という音と、バラバラと何かが降る音がした。

畑の上にプランターが落ちて、詰め込まれていた土が畑の上に散らばる。一瞬遅れて引きちぎられたスイートピーのつるがばさりと続いた。真下にあったミントの小さな鉢は粉々に砕け散り、カモミールの葉は割れたプランターの下敷きになって、無残に潰れていた。

ひろは肺の奥から息を吐いた。梓があの下にいたかもしれない。そう思うとぞっとする。

時間が止まったような気さえするその中で、シロだけがいつもと変わらなかった。拓己が梓の下敷きになっているのをいいことに、ひろだけをその腕を引っ張って立たせる。

「大丈夫か。ずいぶん汚れたな……それに腕もすりむいている」

ひろの後ろにいたシロは、自分の薄藍の着物が泥で汚れているのも、まったく気にしていないようだった。

丹念にひろの腕を眺めて、傷を見ては不満そうに眉をひそめている。

「わたしは大丈夫だから。梓ちゃんは……」

ひろはあわてて後ろを振り返った。拓己が梓を立たせているところだった。

「ケガはあらへんか？」

梓がこわばった顔でうなずいた。

リビングに戻って、志摩に大きなバスタオルを借りた。ひろはそれで濡れた体と顔を丁寧に拭う。志摩は大きなバスタオルを一つ抱えて、あたりを見回している。

「もう一人はどこに行ったんだ」

シロはいつの間にかいなくなってしまっている。隣で拓己がさらりと言った。

「もう帰りました。宇治に住んでるひろの友人で、たまたま通りかかったみたいです」

「……あんな目立つの、近所にいたかな」

志摩はしきりに首を傾げていたが、拓己とひろは示し合わせたように口をつぐんだ。

志摩が風呂場で着替えている梓の様子を見に席を外した時、拓己は小さく舌打ちをした。

「ほんまに何しに来たんや、あの白蛇」

ひろは髪を拭いていた手を止めた。

アカイロのことをシロに聞いた時、シロは気配が『もう一つ』と言った。もしかするとシロは、あの時ひろに言わなかった『もう一つ』を探しに来たのだろうか。

リビングから見える庭に視線を向ける。

庭には静かに雨が降るばかりだ。耳を澄ませても、ひろには何も聞こえなかった。

志摩がアカイロを抱えて戻ってきた。志摩の腕の中で、機嫌良さそうにぐるぐると喉を鳴らしている。

「こいつが梓を助けてくれたんだ」

二階のプランターの金具は、ずいぶん前から錆びて腐食していたようだった。真下にはハーブの畑がある。梓がいつもそこにいることを知って、危険から遠ざけようとしてくれていたのだ。

アカイロは一度尻尾を振って、志摩の腕から飛び出した。

——こっち。

ひろは椅子から立ち上がった。

「ほかにも、何か伝えたいことがあるのかも」

アカイロはたしたしと床を踏んで、開いたままの仏壇の部屋に入り込んだ。しきりに仏壇の物入れをかりかりとひっかいている。

そういえば志摩も、アカイロはここが爪とぎのお気に入りだと言っていた。

「ここに何かあるみたいなの」

ひろが物入れに手を伸ばそうとすると、アカイロは尻尾でそれをばしりとたたいた。拓己が眉をひそめる。

「開けてほしいんとちがうんか？」

その時、後ろから小さな足音がした。

「──だめ！」

梓がひろを押しのけた。物入れの前に陣取って、きまりが悪そうに畳に視線を落とす。小さくつぶやいた。

「……だめなの」

唇を結んで両手をしっかりと握りしめている。それを尻目に、アカイロは志摩の足元にぐりぐりと頭をすりつけた。

──あけて。

そうか、志摩に開けてほしがっているのだ。

アカイロはいたずらが好きなわけでも、暴れたいわけでもない。梓の危険をずっと知らせようとしてくれていた。

だからきっと今度も、この家族にとってなにかずっと大切なことを知っているはずなのだ。

ひろはゆっくりと梓を見つめた。

「志摩さんならいい？　アカイロが、志摩さんにここを開けてほしがってるみたいなの」

「え……」

梓はひろと志摩とアカイロを順番に見つめた。

右、左とせわしなく視線を動かして。梓はやがて、本当に小さくうなずいた。

志摩が仏壇の物入れに手をかけた。開いた先から、ふわ、と線香の香りが漂ってくる。もともとは線香などをしまっておく場所だ。

そこに、丸めた画用紙が入っているのを、志摩がゆっくりと取り出した。

「……梓」

画用紙を広げた志摩が、目を見開いた。

そこは、端から端まで色とりどりの花で埋まっていた。桜、紫陽花、ひまわり、秋桜《コスモス》、パンジー。花は力強く生き生きとしていてこれは志摩の庭の花だと、ひろにはすぐわかった。

真ん中には人が描かれていた。短い髪ときりりと太い眉。作業着を着て長靴を履いている。右手にはじょうろを、左手にはスコップを持っていた。

志摩だ。

唇は赤い色えんぴつでぐいっと弧を描いている。満面の笑みだ。

端には小さな字で『Father's Day』と描かれていた。

志摩の画用紙を握りしめる手が、小さく震えていた。何か言いたそうに口を開くのだけれど眉を寄せて、また閉じてしまう。こんな時にどんな顔をしていいかわからないと言わんばかりに。

志摩は目だけが雄弁だ。

瞳には、画用紙に描かれた色とりどりの花がうつり込んでいる。それは涙の膜に合わせて、ゆらゆらと揺れていて、今にもあふれ出しそうだった。

画用紙には一枚の紙がくっついていた。授業参観のお知らせだ。

梓も、何かを言おうとして何度も口を開けては閉じるを繰り返していた。この二人はやっぱり親子だ。ひろはそう思った。

本当に言いたいことを隠して飲み込んで、伝えられなくて。それでも一生懸命相手のことを思っている。そういうところがとてもよく似ている。

梓はやがてゆっくりと口を開いた。

「……ごめんなさい……参観日の時……わたしお父さんのこと、知らへんなんて……言うた」

梓の目には深い後悔があった。

ひろには梓の気持ちも少しわかる。

学校の教室は小さな社会だ。そこには、大人にはわからない繊細で微妙な人間関係が驚くほど緻密《ちみつ》に張り巡らされている。

クラスメイトとの関係性は些細《ささい》なことですぐに棘《とげ》に変わって、誰かを容易に刺し貫《つらぬ》く。梓はクラスの中で一生懸命生きていくために、あの日父を『知らない』と言ったのだ。

それは志摩を傷つけて、同時にきっと梓自身も傷つけた。

梓はこらえきれなくなったのか、ぽろぽろと涙をこぼし始めた。

「……ごめんなさい。お父さんの……こと、梓が知らへん言うたから。もう……梓と一緒に、いるの嫌になったんやん。それで、おばあちゃんちに行けって……だから」

梓の言葉を遮るように、志摩の腕が柔らかく梓を抱きしめた。

「梓」

梓は父の胸に顔を埋《うず》めて、ぐすぐすと肩を震わせていた。両手は父のシャツを握りしめている。

志摩は梓にささやくように言った。

「参観日、おれが行ってもいいのか」

梓は小さく一度だけうなずいた。

ひろはすっかりおとなしくなったアカイロの背を、そっと撫でた。

離れていた時間はきっとこれから、少しずつ埋められていく。梓も志摩も不器用だから時間はかかるだろうけれど。

ひろはアカイロを撫でていた手を止めた。指先が無意味に白黒の毛を柔らかくひっかく。

ひろが梓と同じ十二歳だったころ。父はもうアメリカだった。誰も来ない参観日も運動会も文化祭も。ひろはずいぶん早くから割り切っていたように思う。

そういう母だ。そういう父だ。家族にはたくさんの形がある。

「……いいなあ」

ひろは無意識につぶやいていた。

寂しくても平気だと思っていた。ひろの傍にはいつだって風があって、葉が奏でる音があって、季節ごとに咲く花と空気の匂いがあった。

それでいいと思っていたのに。

胸の内をぐっと何かが押し上げてくる。それが瞳からあふれ出しそうで、ひろはあわてて志摩と梓から目をそらした。アカイロを抱いたままリビングから庭へ降りる。

なんだかあの二人を見ていられなくなったのだ。

後ろから足音がして、ひろの肩にあたたかい手が乗った。大きくて全部を包んでくれて、いつだって傍にいてくれる、そういう人の手だ。

「ひろ、どうした？」

拓己が少し眉を寄せて、ひろに傘を差しかけていた。それだけで胸の中をいっぱいにしていたとても苦しくて切ないものが、ほろほろとほどけてどこかへ行ってしまう。

拓己はいつもひろのことを心配してくれる。気にかけてくれて大切にしてくれる。

だからひろはその分を、少しずつでも返していきたいと思うのだ。

「なんでもないよ、大丈夫」

ひろはそう言って、疑い深そうな拓己の眼前にアカイロを持ち上げてみせた。

「賢いよね、この子。梓ちゃんがあそこに画用紙を隠してたこと、知ってたんだよ」

最初に梓と会った日に、梓は画用紙と参観日のプリントを仏壇の物入れに隠した。父が毎朝、線香をあげる時にその物入れを開けると知っていたからだ。

だが志摩は拓己が持ってきた線香を使い始めたせいで、物入れを開けることがなかった。

だから梓の絵はずっとそこに入ったままだったのだ。

「それで、ずっと仏壇をひっかいてたんか」

拓己がひろの腕にいるアカイロの頭をぐりぐりと撫でた。青みがかった瞳を見つめて笑う。

「お前は何者なんやろうなあ」

アカイロはにゃあ、と一つ鳴いただけだった。

傘にあたっていた雨の音がやんだ。拓己が傘を閉じる。見上げると厚い雲の隙間から光が差し込んでいた。

ひろの腕からアカイロが飛び出した。ひろは目を見開いた。アカイロの瞳がわずかに赤みがかって見えたからだ。

ひろはああ、と小さくつぶやいた。一つ思い当たったことがある。

ひろはアカイロの前にしゃがんだ。

「きみが何か、わかったよ」

アカイロがたしと一度尻尾を振った。

「こいつの正体か？」

見上げると拓己が怪訝《けげん》そうな顔をしている。

「うん。ずっと目の色が違うって思ってたんだ」

拓己がひろの横にしゃがんで、アカイロの目をじっと見つめた。空から光が差し込むのに合わせて、アカイロの瞳の赤はじわじわと濃くなっているように見える。

志摩は最初にアカイロに会った時、瞳は赤く見えたと言っていた。だからアカイロという名前をつけたのだ。

「この子たぶん、雨が降ってると目の色が青に見えるんだよ」

ひろが思っている通りなら、志摩と梓を助けた理由もそれで説明がつく。

「――きみは、志摩さんが連れて帰ってきた紫陽花なんだよね」

仁の寺の墓に咲いていた赤い紫陽花は、枯れて朽ちるままになっていたところを、志摩に救われた。今は庭の端のプランターで大切に育てられている。

紫陽花は土の中の成分で花の色が変わるという。雨がたくさん降るとその成分で紫陽花は青になる。日本で青い紫陽花が多いのはそのせいだ。

「だから雨が降ると青になったんか」

「きみは志摩さんに恩返しがしたかったんだね」

アカイロは機嫌良さそうにぐるぐると喉を鳴らした。泥の中に小さな足跡をつけながら、紫陽花に向かって歩いていく。

最後にぱたり、と一度尻尾を振った。

それきり、アカイロは姿を消した。

清花蔵の縁側では、白蛇姿のシロが不機嫌そうにひろの膝に丸まっていた。空模様はまだ不安定だが、薄い青空が見え始めた今日はもう降らないだろう。

夏バテ防止にと拓己が持ってきてくれたのは、冷えた甘酒だ。からりと氷の入ったグラスに水と蜂蜜とレモンで薄めたものが入っている。

それを見て、ふん、とシロが鼻を鳴らした。

「酒じゃないのか」

「去年のでよかったらあるけどな。今年のは次の呑み切りまで待て。『清花』の麴で作ったやつやからうまいと思うけどな」

シロがぴくりと反応した。

とろりと甘い甘酒は芳醇《ほうじゅん》な米の香りが鼻に抜ける。べたべたとした湿気がすっと引いた気がした。

なんだかんだで、平たい椀《わん》に注がれた甘酒をシロも飲み干している。どことなく満足そうに見えて、ひろはそのひやりとするうろこを撫でた。

拓己が実里に呼ばれて台所に向かったと思ったら、苦虫をかみつぶしたような顔をして帰ってきた。

「志摩さんから電話で、あの時庭にいた白蛇に礼が言いたいんやと。梓ちゃんを助ける時に手伝ってくれた、言うて」

「それは……困るね」

ひろは我関せずと言った顔で丸まっているシロを見下ろした。

「志摩さん、義理堅い人やからなあ。なあ白蛇。お前なんであんなところいたんや」

「……ひろがいたからだ」

シロがふい、と視線をそらした。

あの日からシロは少し変だ。ひろはシロの体を両手いっぱいにすくい上げて、その目をじっと見つめた。

「志摩さんのお庭に何かあった？」

「何もない」

シロの金色の瞳がひろをとらえる。冷たい月の光のようなそれは、ひろを見る時だけとろりと蜂蜜のようにとろけるのだ。

「ひろは、気にしなくていいんだ」

そうやってまた一人でどこかへ行こうとする。ひろはシロの体をしっかり包み込んだ。

「そっか……」

いつか聞かせてくれるといいと、そう思いながら。

清花蔵から戻った後。ひろは自分の部屋で、久しぶりに開いたノートパソコンの画面に父の顔がうつるのを待っていた。

ニューヨークとの時差はおよそ十三時間で、父のマンションには窓から朝日が差し込んでいた。コーヒーと新聞を傍に置き、黒髪をきれいになでつけ、グレーのスーツにストライプのネクタイを合わせている。垂れ目でやや幼く見える顔立ちは、本人も気にしているといつだったか母が言っていた。

「誠子《せいこ》が、ひろと進路の話をしてくれと言っていた」

「……うん」

　母からは、父がそういう話をしたい、と聞いていたからひろは曖昧にうなずいた。母が父に頼んだのかもしれない。

「東京が嫌なら、こっちに来るか？」

「えっ、アメリカに？」

　父は当たり前のようにうなずいた。

「誠子の職場もこっちに支社があるから、あいつならそのうち転勤してくるだろうし。そうしたらこっちに家族がそろうな」

　その選択肢は考えなかった、とひろは頭を抱えた。父はものごとの感覚がグローバルスケールだ。そうして母はきっとその通りにするだろう。東京でもニューヨークでも母は変わらない。

　でもわたしは違う。

「それは、今決めなくちゃだめかな」

父がわずかに眉をひそめたように見えた。

父も母も決断の早い人だ。無駄を切り捨てること、効率よく動くこと。それは仕事をするために必要なことだとひろもわかる。父と母はたぶん、そうやって成功した。

「決めるなら早い方がいい。そっちと入試の時期も違うから、誠子とも相談しないと。下見に来るなら夏休みにこっちに――」

いつの間にか選択肢が東京かニューヨークになっていて、ひろはあわてて手を振った。

「違う。わたしは――」

今まで父と母にこうして決められてばかりだった。自分のための選択を人に任せて、責任を押しつけて。京都に来たのも結局は母が送り出してくれたからだ。

だからこの先は自分で選んでいく。

とても勇気のいることだ。でも陶子も椿《つばき》も拓己も、みんなそうしているから。

ひろは混乱する頭を整理しながら、ゆっくりと、でもきっぱりと言った。

「自分で決めたい。だけどまだきっとすごく時間がかかる。もう少し待ってほしいの」

画面の向こうで、父がわずかに目を見開いたような気がした。

怒られるかな。目を伏せてからひろは思い当たった。父に怒られた思い出もない。喧嘩をしたことだってなかった。

それはひろが、父にちゃんと自分の思いをぶつけたことがなかったからだ。お父さんは仕事で忙しいから我慢しなさい、と母はいつも言った。

だから、寂しいも、どうして帰ってこないの、もひろは言ったことがない。

もっと会いたかった。

遊びに行ったり、一緒にご飯を食べたり。

わたしもそういうことをしたかったのだと、いつか父に言えたらいい。

「――そうか」

父は静かにそう言った。垂れた目が困ったように泳いでいて、ひろは目を見開いた。そんな顔をした父を見たのは初めてだった。

お母さんには自分で言いなさい、と言って父は通話を切った。ひろは無意識に深いため息をついていた。最後に見た父の顔は志摩と同じだ。娘に何を言っていいかわからなくて、困って戸惑っていた。

ノートパソコンを閉じて窓を開ける。六月の湿った空気が流れ込んできた。明日もまた雨だろう。

雲の隙間から、しばらくぶりに月がのぞいていた。

父と母とちゃんと話がしたい。ひろの思っていることを伝えて、喧嘩になってもいい。東京で泣きわめくことしかできなかったひろとは違う。少なくとも少しは進んでいるから。

ひろはそう決めて、ゆっくりと一度うなずいた。

三　瑠璃色の夜明け

1

七月、梅雨《つゆ》が明けた途端、京都盆地の暑さは本格的にその猛威《もうい》を振るい始めた。

「本当に蒸し風呂って感じだね……」

ひろはぐったりとうなだれた。教室のエアコンは最大に稼働しているが、それでも昼間の室温はともすると三十度を超えてくる。

ひろがじっとりとにじむ汗を拭《ぬぐ》っていると、隣で椿《つばき》がくすりと笑った。艶《つや》やかな黒髪も日焼けのないまっ白な肌も、暑さという言葉とは無縁に見える。汗一つかかない涼やかな顔で、椿の周りだけ季節が違うのかもしれないと思ってしまう。

「ひろちゃんは、ちゃんとした京都の夏は初めてなん?」

「小さいころ夏休みに来てたから、初めてじゃないけど。……こんなのだったかなあ」

ひろは小学校低学年までの夏休みは、祖母の家で過ごしていた。曖昧《あいまい》な記憶の底で、思い返せば暑いと言っていたような気もする。

「……うん暑かったかも。思い出した」

「京都の暑さは、やっぱりちょっと特別やんなあ」

「東京よりもなんだか……凶悪な気がする」

「風が吹かへんからなあ」

京都市はその三方を山に囲まれた盆地だ。夏は風が通らず、熱い空気が底にわだかまって、夜遅くまでいつまでもぐるぐると渦巻いている。

「でも、祇園祭《ぎおんまつり》はもっと暑いから、今から覚悟しとかんとね」

「うっ……」

この週末、ひろは椿や陶子《とうこ》と一緒に祇園祭に行く約束をしていた。ずっと昔に一度行ったことがあったのだろう。うすぼんやりとした記憶の奥に、鉦《かね》や鈴の音とずらりと並ぶ提灯《ちょうちん》を覚えている。何かの折にそれを言ったら、陶子と椿が誘ってくれたのだ。

「……それは行く」

人混みは得意ではないけれど、二人と一緒なら平気だ。何より友だちと遊びに行く、ということは、ひろにとっては特別大切なことだった。

「──ひろ！」

教室の外から呼ばれてひろは顔を上げた。陶子が入ってくるところだった。

制服の下に陸上部のハーフパンツをはいて、長い足でさっそうと教室を横切ってくる。

クラスの男子がからかい気味に声をかけた。

「砂賀《さが》ー、夏ぐらいそれやめろや。男の夢壊すな」

「やかましいわ、あんたらに見せるもんなんかあらへん」

陶子がふん、と鼻で笑う。陶子は誰に対しても明るくてさばさばしている。男子たちも陶子のことは「面白いやつ」と思っているらしく、男子の輪に陶子一人で交じって、何かの話で盛り上がっているところもよく見かけた。

新しいクラスになんとか馴染《なじ》もうと奮闘しているひろは、いつもすごいなあ、と感心するばかりだ。

陶子はひろの席まで来ると、教室の出入り口を指した。

「ひろにお客さん。呼んできてて頼まれたんよ」

「わたしに？」

教室の出入り口で男子生徒が一人、肩身が狭そうに身を縮めていた。椿があぁ、と言った。

「大野《おおの》くんやん」

「椿ちゃん知ってるの？」

「……ひろちゃん、わたしら去年同じクラスやったよ」

ひろは思わず椿から目をそらした。

去年の十月に転校してきたひろは、その人見知りな性格もあいまって、去年のクラスの男子とはほとんどかかわりを持たずに終わった。途中まではまともに顔を見ることもできなかったので、うすぼんやりとしか覚えていない。

大野達樹《たつき》は、陶子より少し背の高い男子だった。短い黒髪を少しだけワックスで遊ばせている。運動部かなと思ったのは、首元がずいぶん日焼けしているからだ。

陶子が案内してくれた廊下の端で、ひろは達樹に小さく会釈《えしゃく》した。

同じクラスだったとしても、呼び出される理由があるだろうか。知らないうちに何かしたのかもしれないと思い始めたら、胃のあたりが痛くなってくる。

達樹はひろに向き直った。少し困ったようにまなじりを下げている。

「三岡《みつおか》に話あるんやけど、ええかな」

ひろは助けを求めるように陶子の方を見て――いや、と首を横に振った。

達樹の目は真剣で、きっと大事な話があるに違いない。それに人とかかわることを避けていては、ひろの目指す陶子や椿や拓己《たくみ》のようにはなれないから。

ひろはゆっくりうなずいた。

「じゃあわたし、教室戻ってるわ」

ひらりと陶子が手を振った。達樹が妙なからかいでひろを呼んだのではないとわかったのだろう。そういう時に自分がかかわるべきかどうか、ちゃんと線を引けるのが陶子だ。

　陶子の背を見送った後、ひろは改めて達樹に向き直った。その途端、達樹がぱっと頭を下げたものだから、ひろは心臓が飛び出しそうになった。

「去年はごめん」

「え……ええっ？」

　盛大に戸惑っているひろに、顔を上げた達樹が苦笑した。

「まあ、忘れてるかなあて思てた。おれが同じクラスやったってことも覚えてへんかもしれへんて、砂賀が言うてたから」

　さすが陶子である。ひろは自分の顔が赤くなっていくのを感じていた。去年までのクラスメイトを覚えていないのは、さすがに失礼なのではないかと思ったからだ。

「ごめんなさい……」

「あ、全然ええよ。三岡、半年もおらへんかったもんな。おれもクラスで目立つ方やないし。それよか去年の冬、中庭の池のとこで……覚えてへん？」

　中庭の池、とひろは無意識に眉をひそめた。あそこは大きな鯉《こい》が一匹泳いでいる。ひろが去年その鯉絡みで一度――と考えたところで、ぱっと顔を上げた。

「――あっ！」

去年の冬の始めのことだ。池の鯉に用があったひろは、中庭で剣道部の男子にからかわれたことがあった。その時一番最初に声をかけてきたのが達樹だ。

達樹はもう一度頭を下げた。

「マジでごめん。砂賀やあるまいし、三岡て男子苦手っぽいなて思てたのに。周りも悪ノリするし……」

ひろはあわてて両手を振った。

「ううん、こっちこそ……ごめんなさい」

今思えば、からかうというほどのことでもなかったのだろうと思う。男子に声をかけられて、どう返していいかわからずにひろが一人で混乱していただけだ。

お互い何度か謝り合って、やがて達樹が小さく笑った。

「三岡て、清尾《きよお》先輩とも仲良かったんやな」

そういえばあの時は拓己が間に入ってくれたのだ。

拓己はこの学校の剣道部ＯＢで、今でも時折稽古《けいこ》をつけに来ているという。剣道部で『清尾先輩』といえば、直接絡んだことのない達樹たちにとってもあこがれの存在らしい。

それを聞くたびにひろは、自分のことのように誇らしくなるのだ。

「拓己くんとは幼馴染《おさななじ》みなんだ。家が近いの」

「ああ、そうなんや……どうりで……あの後、清尾先輩になんやめちゃくちゃしごかれて……死ぬかと思っててんよな」

あの日の先輩は鬼かと思った、と達樹が妙に青い顔で身震いした。

気を取り直した達樹が、それで、と続けた。

「あの時いたはった、三岡の親戚なんやけど」

親戚――。思い当たった瞬間にざっと血の気が引く思いがした。

シロだ。あの日は雨が降っていて、人の姿のシロが学校に来ていたのだ。その姿を見られていて、拓己が「ひろの親戚」と説明してくれたと後で聞いた。

嘘《うそ》や隠しごとが苦手なひろは、曖昧にうなずくしかない。

「あの人が三岡の親戚いうことは、蓮見《はすみ》神社に関係ある人なんかな。昔からこのあたりにいたはったとか……」

達樹はどこか必死な様子だった。ひろが何も答えられないでいると、達樹が焦《じ》れたように少し早口で続けた。

「……うちの家に、古くて大きな鉢《はち》があるんや」

「鉢？」

達樹はうなずいた。

「その鉢が、蓮見神社にかかわりがあるかもしれへん。それのせいで……今すごい困ってて……。三岡のおばあさんて蓮見神社の宮司さんなんやろ」

ひろはだんだん混乱してきた。蓮見神社と関係があるらしいその鉢と、シロがどうつながるのだろう。戸惑いながらもなんとかうなずいた。どうやら達樹が祖母の力を借りたいと思っているらしいということだけわかった。

蓮見神社は水神を祀《まつ》る神社だ。代々水にかかわる相談事を請け負っている。

「おばあちゃんは今、すごく忙しいみたいで、すぐに行けるかはわからないんだけど……」

「そうか……」

達樹は自分を納得させるように、小さく何度もうなずいていた。ぎゅっと眉を寄せて行き場のない手が両脇で握りしめられている。

その様子がひどく真剣に見えて、ひろは思わず言っていた。

「わたしでよかったら、見に行ってもいい……？」

「三岡が？」

「あ、や……役に立てるかはわからないけど、下見、みたいな感じで」

かあぁ、と耳まで赤くなる。ずいぶんうぬぼれたことを言ってしまったかもしれない。

ひろでは祖母の代わりはとても務まらない。いたずらに達樹を混乱させてしまうだけかもしれない。

でもあんな達樹の真剣な顔を見て、何もできないとは言えなかった。

「……ほんまに？　とにかく、見に来てくれるだけでもええから」

達樹の顔がほっとほころんだ。

自分の背にずしりと見えない重しがのしかかるのがわかる。これが祖母がいつも抱えている責任の重さなのかもしれないと、ひろは覚悟を決めるように唇を結んだ。

その夜も祖母の帰りは遅く、ひろは夕食を清花蔵《きよはなくら》で食べた。達樹の件を相談すると拓己は腕を組んで言った。

「その鉢がもしかしたら白蛇《しろへび》にかかわりがあるかもしれへん、ていうことか」

ひろもうなずいた。達樹の話を整理すると、どうもこういうことらしい。

「大野くんはシロがうちの親戚だと思ってるから、『蓮見神社にかかわりがある』って言ったと思うんだ」

「せやったら、はな江《え》さんに話すんはちょっと待った方がええかもしれへんな」

本当に蓮見神社にかかわるものなのか、それともシロにかかわるものなのか。祖母に話すのはどちらか確かめてからの方がいいと、ひろも思う。

「一回見に行くんやろ。おれも行く」

「拓己くん、来てくれるの？」

「大野に、白蛇がひろの親戚やて言うたのはおれやしな。白蛇絡みいうんも気になるし」

ひろは少しほっとした。一人でも行くつもりだったけれど、拓己が一緒であれば心強い。

達樹も先輩の拓己の方が何かと話がしやすいかもしれないと、ひろは大きくうなずいた。

2

七月十三日は土曜日だった。ひろと拓己は京都市営地下鉄の四条《しじょう》駅へ降り立った。降りた途端、ひろは思わず息をついた。

「鉦の音だ……」

四条烏丸《からすま》界隈《かいわい》は、祇園祭一色だった。

スピーカーからはゆったりとした笛の音と、コンコンチキチンと繰り返される鉦の音が響く。アーケードからは数メートルごとに提灯が吊られ、列をなして灯《とも》っていた。

「ひろ」

拓己が四条通《どおり》の方を指した。見上げるほど高く、ずらりと並ぶのは山の形に吊られた駒形《こまがた》提灯だ。その向こうに錦《にしき》の織物が見えた。

長刀鉾《なぎなたほこ》だ。

一リットルの牛乳パックの底に、大きな車輪を四つつけたような独特の形をしている。胴体の織物は赤地に金糸の縫《ぬ》い取り、四方には青い飾りが垂れ下がっている。

屋根から伸びた長い長刀が、空をつくようにそびえていた。

長刀鉾は祇園祭で最も有名な鉾の一つだ。ひろもテレビで何度も見たことがあるけれど、本物の迫力は段違いだった。

「今日はあちこちで曳《ひ》き初《ぞ》めもやってるし、明日から宵山《よいやま》やしで賑やかになるな」

曳き初めは鉾を建てて試しに動くか曳いてみることだ。明日から三日間は宵山で、鉾や山の傍《そば》でお囃子《はやし》を楽しんだり、たくさん屋台が出たりする。

一通り眺めた後、拓己とひろは長刀鉾に背を向けた。達樹の家があるのは新町蛸薬師《しんまちたこやくし》、ここより反対の西側だった。

「ひろは祇園祭、どうするんや?」

「十五日に、椿ちゃんと陶子ちゃんと一緒に行くって約束してるんだ」

「ああ、おれも十五日やわ。大地《だいち》がゼミメンで企画する言うてた」

ひろは少しだけうつむいた。拓己の大学の友人たちには前に会ったことがある。大人っぽくて鮮やかな花をまとっているような、きれいな女の人がたくさんいた。

拓己は面倒見がよくて責任感が強くて、誰にでも手を差し伸べる優しい人だ。大学でもたくさんの人たちに慕われていて――幼馴染みとしてあこがれで誇らしいはずなのに。最近はずっと胸の内にもやもやとしたものがわだかまっている。

なんだか自分がどんどん自分勝手になっていくようで、時折気がついて、ぞっとすることがある。

ひろがうつむいていると、拓己が、それならと続けた。

「――十六日に一緒に行くか？　その日はうちも親が留守やし、はな江さんも遅いやろうから屋台でご飯でも食べようや」

ひろはぱっと顔を上げた。一気に心が浮き立つのを感じる。陶子や椿と遊びに行く時とはまた違う、なんだかくすぐったくなるようなうれしさだ。

「うん」

ひろは拓己を見上げてうなずいた。

四条通を西へ進んで新町通《しんまちどおり》を曲がる間に、函谷鉾《かんこぼこ》と月鉾《つきほこ》を通り過ぎた。

函谷鉾は、真木《まき》と呼ばれる屋根から長く伸びた部分に榊《さかき》が添えつけられ、鉾頭《ほこがしら》に山と三日月、こちらも胴の織物は地が赤だ。

月鉾は長く伸びた鉾頭に三日月があしらわれていた。どの鉾も独特の調子でお囃子が流れていて、ひろが聞く限りはどれも違うように聞こえる。

「お囃子も鉾や山によって違うんやて。歌とかあるとこもあるし、お稚児《ちご》さんが乗るとか人形を乗せるとか、タペストリーがどうとか、ペルシャ絨毯《じゅうたん》がどうとか、一個一個見てると面白いんや」

拓己が一つひとつ教えてくれる。

ひろは月鉾を見上げて感嘆のため息をついた。鉾も山もそれぞれ物語があって、飾りやお囃子や織物でそれを表しているように見える。一つでもすごいのに、それが一キロ四方に十も二十もあるというのだ。

それを守り続けるのは、とても大変で重いことだ。ようやくひろにもそれがわかり始めている。

新町通を曲がって、日・月・星を表す三光の鉾頭を持つ放下鉾《ほうかほこ》を通り過ぎた先が、蛸薬師通だった。

達樹の家は蛸薬師通を西に少し行ったところ、白壁が続く一角にあった。間口の狭い町屋造りで、重い木の引き戸の横に『大野』の表札がある。引き戸は木造の透かしになっていて、奥に石畳《いしだたみ》が続いていた。

チャイムを押すとすぐに達樹が出てきた。拓己を見て一瞬目を丸くする。

「清尾先輩、来てくれはったんですか？」

「突然悪いな。蓮見さんがやっぱり来られへんて言うから、代理みたいなもんやと思といてくれ」

達樹の腰が少し引けているのは、半年前、鬼のようにしごかれたことが記憶に残っているからかもしれない。

達樹に案内されたのは、長細い家の中ほどにある客間だった。達樹がペットボトルのジュースとコップを三つ持ってきた。

「すいませんこんなもんで。茶とか淹《い》れるん苦手で。今みんな宿の方に行ってて、こっちはおれだけなんです」

「宿？」

ひろが聞き返すと、達樹は三つのコップにジュースを注ぎながらうなずいた。

「うん。隣がうちのやってる宿なんよ。『おおの屋』いうんやけど」

「隣って……」

ひろと拓己は顔を見合わせた。あのずっと続いていた白壁のことだろうか。間口だけで

五、六軒分はあったはずだから、奥に長い町屋の造りであれば相当な広さだ。
「ずいぶんな大店《おおだな》やなあ……」

拓己が感心したようにつぶやいた。達樹が横で肩をすくめる。

「そうですかね。部屋も十二しかあらへんし、改装したいうても建物は明治時代のやつとかで、えらい古いし。それでも値段だけはするみたいですけどね」

つまり老舗《しにせ》の高級旅館というわけだ。

冷たい飲み物で汗が引いたころ。達樹が立ち上がった。

「見てほしいもんは、その宿にあるんや」

ひろたちが通されたのは、大野家の母屋《おもや》らしい。裏庭で宿とつながっているそうで、ひろと拓己は下駄《げた》を借りて庭へ降りた。

裏口を抜けると、途端に雰囲気ががらりと変わった。

石の一つひとつまで丁寧《ていねい》に整えられた小さな中庭を、黒々とした木造の宿が囲んでいる。宿は三階建てで風雨に磨かれた木材は深い艶を帯びていた。木目がはっきりとわかるほどで、いい材木を使って建てられたのだとすぐにわかった。

庭から宿へ上がると、隅《すみ》まで磨き込まれた廊下がぎしりと鳴った。廊下の隅に小さく細い台があって、一輪差しの桔梗《ききょう》が柔らかな光に藍《あい》色を浮かび上がらせている。

「……緊張するね」

しん、と静かな廊下に自分の声が響くのを聞いて、ひろはあわてて声をひそめた。

「気にせんでええよ。連泊の人は曳き初め見るて出かけてるし、お客さん入るんはのれん上げてからやから、もうちょっと時間ある」

達樹は自嘲《じちょう》気味に笑った。

「古くさいし、息詰まるやろ。ごめんな」

そうだろうか、とひろはあちこちを見回した。磨き上げられた柱も、客間につながる引き扉に施された彫刻も、いくつも通り過ぎた大小様々な庭も、積み上げられた歴史の中にあるようでひろにとってはとても魅力的だ。

それとも達樹には違うのだろうか。ひろはどことなく眉をひそめているような達樹を見やった。

達樹が案内してくれたのは、おおの屋のエントランスだった。桔梗の描かれた屏風《びょうぶ》の奥にロビーがある。

見上げると一階から三階までが吹き抜けになっていた。電気は落とされ、天井の明かり取りからぼんやりと昼の光が差し込んでいる。見事に組み合わさった梁《はり》が複雑に絡んでいた。古い木の匂いと、宿で使っているのであろう香りが混じって、深く吸い込むとすっと落ち着く心地がする。

どこかで、誰かがぱたぱたと走る音がする。衣《きぬ》ずれや小さな話し声が心地よい音となって、吹き抜けの天井に反響していた。

あめ色の木造の受付の向こうにも、エントランスと同じ桔梗の屏風が立てられていた。

達樹は受付の前でひろを振り返った。

「——三岡はさ、祇園祭ん時に屏風祭てやるん知ってる?」

ひろは首を横に振った。初めて聞く言葉だった。

十四日から十六日までの宵山の間、烏丸通界隈の古くからある家では、屏風祭が開かれる。

家に伝わる美術品や骨とう品を、広く公開するのだという。美術品の中に屏風が多いことから屏風祭と名がついたそうだ。

「ここでもやるんか?」

拓己が問うと、達樹がうなずいた。

「うちは普段、宿泊客以外は入れへんのですけど、屏風祭の時期だけ客間のないとこに限って見学できるようにするんです。それで宿のあちこちに、普段は蔵に入れてる掛け軸やら屏風やらも飾るんですけど」

達樹の話の間に、ひろはふと耳を澄ませた。

誰かが、何かをささやいた気がしたからだ。


——……わが、おおいけ、の、よあけ。


ひろは引き寄せられるように、ふらりと声の方へ歩いた。

達樹の声が後ろで聞こえる。

「その畳のとこで、うちが一番大事にしてるもんを出すんです」

ひろの視線の先にあるロビーの一角には、六畳ほどの畳が敷かれていた。その上の向かって右には、藍色の着物がかけられた衣桁《いこう》が、奥には祇園祭の様子を描きとった屏風が立てられている。

その真ん中、低い漆《うるし》塗りの台の上にそれはあった。

瑠璃《るり》色の鉢だ。

ひろの手では回りきらないぐらい大きく、水をなみなみと注げるよう、壺《つぼ》のように深い。

達樹は学校で、「鉢」と言っていた。

「……大野くん、これのことなんだよね」

達樹が後ろでうなずいたのがわかった。

鉢の上半分は淡い瑠璃、下に行くにつれて濃く深くなって、だんだんと藍色に近づいていく。風景が描かれているようだ、とひろが気がついたのは、正面の右端に淡い月が浮いていたからだ。満月はよく見ると二つ。淡い瑠璃と深い瑠璃の上下に一つずつだ。それで、その瑠璃の色調の狭間が湖か海かの水面だとわかった。

光の加減で水がたゆたっているように見える。鉢そのものが生きているような美しさがあった。

——よあけに、ふさわしき……。

声はこの鉢のものだ。低く耳に心地よく響く。誰かに似ていると思った。

「えらい大層な名前がついてるな」

拓己の声で、ひろは我に返った。ずいぶん鉢に見入ってしまっていたらしい。

拓己が鉢の横を指していた。漆の台に手書きの木札がついている。『瑠璃《るり》天龍《てんりゅう》花蓮鉢《かれんばち》』

と書いてあった。

達樹が肩をすくめた。

「そうでしょう。江戸時代の終わりぐらいの鉢らしいんですけど、木札もそん時のやから作った人がつけはったんやと思います」

達樹が困ったようにまなじりを下げた。

「それで、ちょっと困った話があって」

この鉢はおおの屋をひいきにしていた、江戸時代の陶工が作ったものだそうだ。『花蓮鉢』というぐらいだから、蓮《はす》を植えるための鉢だろうということで、昔は実際に蓮を植えて、飾っていたらしい。

けれど、いつからか鉢にはいわれがついて回るようになった。

——鉢に水を入れてはならぬ。

蓮は泥の上にたくさんの水を入れなければ生きていけない。それで、おおの屋では屏風祭以外は蔵に入ったままになっていたそうだ。

達樹は小さくため息を挟んだ。

「でも、うちのじいちゃん……今のうちの社長になるんやけど、こないだ病気してな。今年限りで隠居するて言い始めてん。それで突然、今年の夏はこれに蓮を植えるて言うんや」

宿の人間がみなやめた方がいいというのを押し切って、達樹の祖父は鉢に土と水を入れ、出入りの業者に蓮を植えてもらったそうだ。

蓮は一日も保たなかった。

みずみずしかった蓮のつぼみは花開く前に枯れて朽ち、裏庭で汲《く》んで入れた井戸水は、どろどろに腐って臭うようになった。しまいには誰も触っていないのに、畳に水があふれる始末である。

達樹は気味が悪そうに鉢を見つめた。

「それだけやなくて……蓮を植えてからこっち、井戸の水もおかしなってしもてん」

宿の裏庭と中庭にひいた古い井戸は、飲み水としては使えない。細い川を作りポンプでくみ上げて流すことで、客の目を楽しませていた。その水は今、どれだけくみ上げても鉢の水と同じようなどろどろと腐った水が上がってくるという。

「もう宿の人間みんな、鉢の祟《たた》りや、怒らせたんやて言い始めて」

達樹は困ったようにため息をついた。

水と泥が抜かれた鉢は、今は静かに漆の台の上にたたずんでいるだけだ。ひろは達樹を振り返った。

「この鉢が、蓮見神社に関係があるって言ってたよね」

達樹はうなずいて、鉢の縁を持ってぐるりと回した。

鉢の裏側は、淡い瑠璃から茜《あかね》へとゆっくりと移り変わっていた。

ああ、夜が明けたんだな、とひろは思った。明るくなった水面《みなも》からは濃い緑の葉がいくつも伸びていて、そこから桃色のつぼみがのぞいていた。

夜明けの蓮の池が描かれている。

そうして——ひろと拓己は同時に息をのんだ。

「……おい、ひろ」

蓮の葉の隙間に、さざ波のように波紋が描かれている。その真ん中に細い人影があった。

水面に立っているようにも見えるその姿は、小さく判然としない。

それでも——美しい白い髪と、蓮の花の描かれた着物だということはわかった。

「シロだ……」

達樹が鉢を元の向きに戻した。

「鉢の腐った水捨てた時に、おれ初めてこの鉢をじっくり見たんやけど……この間学校に来てた三岡の親戚に似てへんかと思て」

鉢が作られたのは江戸時代だ。描かれているとすれば蓮見神社の親戚のご先祖様だろう、とあたりをつけたらしい。水神を祀る蓮見神社に関係のあるものであれば、水にさわりが出たのも納得ができる。

そう言う達樹に、ひろも拓己も答えに窮《きゅう》した。

ぼんやりとした明かりの中で、鉢が小さくささやく。

――わが、おおいけの、よあけに、ふさわしき、ものを。

この声をひろは知っている。少し低く硬質で、ひろと話す時だけ柔らかく甘くなる。

「……拓己くん、『大池』って、巨椋池《おぐらいけ》のことだったよね」

拓己は眉を寄せてうなずいた。

「ひろ?」

「声が聞こえる」

ひろは小さくつぶやいた。

大池はかつて京都の南に広がっていた巨椋池のことだ。シロはその巨椋池の主だった。

つまりこの鉢は――

「……自分が巨椋池の主――シロだって言ってる」

そうしてこの声は、間違いなくシロの声だ。

達樹が困惑する中、ひろと拓己はシロを名乗る瑠璃色の美しい鉢を前に、しばらく言葉を失っていた。


ひろと拓己は、一度調べてみると『おおの屋』を辞した。清花蔵へ戻り夕食の後、いつものようにシロがやってきた。

シロは思ったよりもずっと冷静で、鉢の正体にも興味がなさそうだった。

「知らん。名乗りたいやつには好きにさせてやれ」

縁側のひろの膝《ひざ》にとぐろを巻いて、それより、と拓己の方を向いた。隣の拓己の、ガラスの器《うつわ》に盛られた葛切《くずき》りをしきりに狙っているようだった。

氷を浮かべた小さなガラスの椀《わん》に、透明の葛切りがくるりと盛りつけられている。ミントの葉と小さな花が飾られていて、実里《みさと》ではなくたぶん拓己がやったのだとひろは思っている。拓己はこういう妙なところを凝《こ》りたがるのだ。

電灯の光がガラスを透かしてきらきらと光る。葛切りが波紋のように艶《あで》やかに広がって、水面に花が浮いているように見えた。

「小さな庭のようだな」

シロは熱心にその水面を見つめていた。拓己がシロをにらみつける。

「白蛇はもう自分の分食べたやろ」

「うまかった」

シロはぶん、と首を縦に振った。

「だがおれは知っているぞ。その葛切りには黒蜜《くろみつ》と白蜜があるんだ」

「……よう知ってんな」

「おれはさっき黒蜜を食べたんだ。白蜜はまだ食べていない」

拓己が呆《あき》れたようにため息をついた。

「一人一個ずつしかあらへん」

拓己とシロがばたばたと暴れるのを横目に、ひろは箸《はし》で自分の葛切りをすくい上げた。黒蜜がとろりと伝い落ちて、甘い黒糖の香りがする。

つるりと心地よく喉《のど》の奥に通っていく葛切りは、暑さで食欲の落ちている時期にはちょうどよかった。

ひろは食べ終わった器を置いて、シロを手のひらにすくい上げた。

シロの金色の瞳と目が合わない。そういう時は話したくないことがある時だ。この小さな白蛇は、時折塞《ふさ》ぎ込むように自分一人で全部抱え込んでしまう。

「シロ」

シロはどこか気まずそうに、ふい、とそっぽを向いた。

「シロにはもしかして兄弟がいたりする？」

あの鉢はシロによく似た、例えば親戚か兄弟だったりしないだろうか。ひろはそう思ったのだけれど、シロは首を横に振った。

「いや」

うつむいたままシロは言った。

「──『指月《しげつ》』はもうおれの名じゃない。誰がどう名乗ろうが、好きにすればいいんだ」

巨椋池は観月の名所だった。池の傍にある山の上で、ずいぶん昔に誰かが言った。

空の月、川の月、池の月、盃《さかずき》の月。この地では四つの月を観ることができる。四月──転じて『指月』は、そのままシロの名前になった。

幼いころ、ひろは蓮見神社で出会った小さな白蛇に、シロという名前をつけた。そうしてかつての都の水神は、指月からシロになったのだ。

シロはひろの手のひらに、すり、と体をすりつけた。ひんやりとしたうろこがなめらかに手のひらをすべる。

「おれには、ひろだけがいればいいんだ」

シロはいつも蜂蜜《はちみつ》みたいに甘やかな声と瞳で、いつだってひろだけだと、何のてらいもなく言う。

けれどそれは違うと、ひろはちゃんと気がついていた。同じ時間だけひろだってシロを見てきた。

シロはたぶん、かつて失ったものを全部ひろで埋めようとしている。

ひろは両手でシロをぎゅっと包み込んだ。

「だめだよ、シロ」

シロの瞳の金色が、ぐっと深まったような気がした。ゆらゆらと揺れるこの世のものではない金色の瞳を、何度も恐ろしいと思った。

それでもひろは、シロから目を背けなかった。

わたしでは、シロの望む全部の代わりにはなれない。

「シロ、明日ついてきてほしい。あの鉢をシロにも見てほしいんだ」

——でも、一緒に進むことはできるから。

だからシロが、その瞳の底で押し隠そうとしている不安の正体を、いつか教えてほしいと思うのだ。

次の日、七月十四日から三日間、祇園祭は宵山の夜を迎える。歩行者天国——いわゆる車の通行止めは十五日の夕方六時からだが、祝日ということもあって中心部は人であふれていた。

もう一度瑠璃の鉢が見たい、と言ったひろに、達樹は快《こころよ》く応じてくれた。念のため祖母にも、シロのことは伏せて聞いてみたのだが、瑠璃色の鉢には心当たりがないと言っていた。

「水が腐ったり、あふれる件はどうやって？」

蛸薬師に向かう道すがら、拓己に問われたひろは、祖母の言葉を思い出していた。

「ちゃんと見てみないとわからないけど、鉢が怒ってるのかもしれないって」

「そうか、はな江さんは来られそうか？」

ひろは首を横に振った。

「しばらくはずっと貴船《きぶね》だから、難しいって言ってた。お盆を過ぎれば時間ができるからって」

それまでは水を入れない方がいいと祖母は言った。夏は忙しい盛りのようで、はな江は朝から晩まで飛び回っている。あまり心配をかけたくなくて、今日鉢を見に行くことも祖母には内緒だ。

出迎えてくれた達樹は屋号の入った法被《はっぴ》を着ていた。宵山と同時に始まる屛風祭の準備で、家族も従業員も全員駆り出されているそうだ。

「親父と番頭さんは挨拶《あいさつ》回り行ったはるし、ほかは一回休憩行ってもらってるから、ゆっくり見られると思うわ」

ひろたちは昨日とは違い、おおの屋ののれんをくぐって正面から入った。のれんには屋号である、丸囲いに大の字が、その下には小さな逆向きの三日月が描かれていた。

ロビーは昨日と様子が一変していた。暗い紅《くれない》のビロードのソファに、革張りの丸椅子《いす》がいくつか、受付には茶菓子の用意までしてあって、ゆっくりと美術品を楽しめるようになっている。

瑠璃の鉢は、昨日と同じ漆の台の上で天井からの光に照らされていた。ひろがちらりとうかがうと拓己が達樹と話してくれているのが見えた。

ひろは鉢に近づくと、そっと鞄《かばん》を開けた。

「シロ」

中からおっくうそうに、シロがするりと顔を出した。

「……これか」

ひろはゆっくりと瑠璃の鉢の後ろ側に回った。瑠璃から茜に変わるその境目に、人の姿のシロが描かれている。表情はうかがえないけれど、濃い緑の葉と今にも咲きそうな蓮のつぼみに囲まれて、悠然とその光景を見つめているように見えた。

シロはしばらく答えなかった。金色の瞳で、ただじっと鉢を見つめている。

やがて小さな声でつぶやいた。

「……おれだ」

シロの声が震えているように聞こえて、ひろは鞄の中のシロを見下ろした。

「ひろ、おれは覚えている。今の時季だったんだ。夜明けになると大池には蓮が咲くんだ……これは確かにおれだ」

シロの言葉に呼応するように、鉢が小さくわなないた。

──わが、おおいけの、よあけに、ふさわしき、もの。

「わ……」

ひろは目を丸くした。

鉢の瑠璃色が、ゆらりと揺らいだ気がしたからだ。水面に夜明けの光を反射するように、ちらちらと小さな光が瞬《またた》いている。

まるで眠っていた鉢が目覚めたようだった。

その時、傍の階段から誰かが下りてくる音がして、ひろはあわててシロを鞄の中に押し込んだ。

鉢に目をやると、また眠ってしまったように戻っている。あの一瞬が夢だったかのように思えて、ひろは何度も瞬《まばた》きをした。

階段から下りてきたのは、着物姿の老人だった。濃紺《のうこん》の着物に縞《しま》の帯、白髪の交じった毛は丁寧に後ろになでつけられていた。老人がひろの方を向いた。

「蓮見さんとこの子やろか」

達樹があわてて老人の傍によった。その手を支えて傍のソファに座らせる。

「じいちゃん、母屋におったんとちがうんか」

「蓮見さんとこの子が来はるて言うから、挨拶だけでもと思てな」

達樹の祖父は大野達之《たつゆき》と名乗った。背筋はしゃんと伸びていたが、着物からのぞく腕が枯れ枝のように細い。腕を動かすのもおっくうそうで、達樹がはらはらと見つめているのがわかった。そういえば祖父が病気をしたと、達樹が言っていたのをひろは思い出した。

「それで、そちらのお嬢さんが蓮見さんとこの子ですやろか」

達之の向かいに座ったひろは、あわててうなずいた。隣には拓己、達之の横には達樹が座っている。

「はじめまして、三岡ひろです」

「どうもよろしゅうに。それで、そちらはどちらさんですやろ」

「清尾拓己といいます。清花蔵という屋号で造り酒屋をやらせてもろてます。蓮見神社とは縁があって、今日はこの子の手伝いで来さしてもらいました」

達之はうれしそうに顔をほころばせた。

「清花はうちもお客さんに出してますのや。えろう評判よろしいですよ」

それで、と達之が細い体をソファから乗り出すようにして聞いた。

「鉢はどうやろ。蓮見さんは何か言うてはったんやろうか」

ひろはややあってうなずいた。

「本来入れるべきではないものを入れたから、鉢が怒っているのかもしれないみたいです」

鉢はずっと「ふさわしき」とささやいている。達之の入れた水か蓮かは、鉢が求めているものではなかったのではないか。

「本来て……！」

達之がうなるように言った。

「あれにはずっと水を張って蓮を植えてあったはずや。おかしいことは何にもしてへん」

「せやけど『水入れたあかん』て言われてたやん。もともとそういうもんなんとちがうんか」

達樹が呆れたように口を挟んだ。達之が苛立《いらだ》ったように首を振った。

「そんなはずあらへん。ちゃんとわしは見たんや――こんな子どもや話にならへん。蓮見さんは来てくれはらへんのやろうか」

達之がじろりとひろをにらみつけた。ひろはソファの上で両手を握りしめた。

「すみません……おばあちゃん忙しくて、その……」

達樹がソファから立ち上がった。

「もともとおれが、個人的に三岡に頼んだことなんや。確かに蓮見さんにお願いできへんかて言うたけど、順番抜かしはできへん。それでも三岡はちゃんと蓮見さんに聞いてきてくれたし、なんとかしようとしてくれてんのや。じいちゃんが怒るんは筋違いやろ」

達之がぐ、と口をつぐんだ。

完全に萎縮《いしゅく》してしまったひろの代わりに、拓己が口を開いた。

「申し訳ないんですけど蓮見さんはこの時期忙しいて、よう来られへんのです。おれたちがちゃんと蓮見さんに伝えますから、安心してください」

拓己がソファに座ったまま頭を下げた。しっかりとした口調でそう言う拓己は、二十一という年齢よりずっと大人びて見える。達之も何も言えなくなったようで、口をへの字に曲げて黙り込んでしまった。

ひろは一度大きく息をついた。横を見ると背筋を伸ばした拓己がいる。それだけでほっと肩から力が抜けて、ひろは再び達之に向き合った。

「あの鉢は、わたしもちゃんと調べたいんです。……ええと、あの鉢に描かれている人が、わたしの親戚に似ているみたいで。だから蓮見神社に関係があるんじゃないかって、大野くんが言ってくれたんです」

達之はぐっと眉を寄せた。

「蓮見さんと関係あるような話は聞かへんけどな。確かに、あれは伏見《ふしみ》で作られたもんやけど……」

「え……」

ひろと拓己は同時に身を乗り出した。

「まだうちの宿が伏見にあったころや」

「この宿、伏見にあったんですか？」

拓己が驚いたように言った。達之はゆっくりうなずいた。

「うちののれんの下に三日月みたいな模様がありますやろ。あれは舟の模様や。うちは一番最初、伏見の舟宿として創業したんです」

「え……おれ知らへんのやけど、その話」

　達樹が目を丸くした。

「阿呆《あほ》、小さいころ何回も話したやろ。それやのにお前は全然人の話聞かへんと、なんやサッカーや友だちと遊ぶやて外ばっかり行きよって──」

「はいはい、続けてやじいちゃん。それで伏見でどうなったん」

　長いお小言が始まるのを察したのだろう。達樹があわてて先を促した。

　舟宿おおの屋は、初め伏見港の傍で創業した。当時、大阪からの荷が行き来する伏見港は、船に乗ってきた客や船員たちのための宿が数多く建ち並んでいた。

　やがておおの屋には新たな名物ができた。

「──蓮見舟ていうのは、知ったはるやろうか」

　伏見の南に広がっていた巨椋池は、水深がずいぶん浅くたくさんの草花や魚がすみかにしていた。

　中でも一番は蓮だった。

　古来から、巨椋池といえば蓮と言われるほどの景勝地であったらしい。

　夏には背の高い蓮の葉がざわりと風をはらみ、見渡す限り一面の蓮畑になる。夜明け前につぼみが一斉に花開く様は、まるで極楽浄土のようだ。そういう評判が広まって、蓮見が盛んに行われるようになった。

「それで、夜明け前に大池に舟を出してな、花が開くのを見物するいうのをやってたそうです。それが蓮見舟言うんです」

江戸の終わりころ、蓮見舟を目当てに一人の陶工がおおの屋に滞在した。

ある朝、夜明け前から出ていた蓮見舟が戻ってきた時。それにたった一人乗っていた陶工は、どこか陶酔したような顔でこう言ったそうだ。

──……とてもこの世のものとは思えぬものを見た。天上の光景だった。

何かにとりつかれたようにその陶工が作り上げたのが、この瑠璃色の鉢だった。巨椋池の泥と土と水でこね、池のほとりの葦《あし》で焼いたそれを、ぽんと宿にくれたそうだ。

「──毎年夏に、その鉢に蓮を植えてたて聞いてます」

そのうちおおの屋は伏見の宿をたたみ、明治初期に建てられた蛸薬師の別邸を本邸とすることになった。達之が生まれる前のことだ。その時に鉢は蛸薬師に移された。

達之はいつの間にかソファから立ち上がっていた。夢見心地でふらふらと引き寄せられるように、瑠璃色の鉢へ近づいていく。

「……物心つくかつかんかのほんまに小さい時、この蛸薬師の宿で確かに見たんや……この鉢が帳場の横に飾ったあってな。きれいな蓮が植えたあって――」

「じいちゃん?」

達樹が立ち上がって、ふらつく祖父の体を支えた。

「この瑠璃の水面がゆらゆら揺れて見えて、そのうち裏側の茜色がぼんやり光ってな。……夜が明けていくみたいやった。この鉢は生きてるんやて子ども心に思たんや」

ひろははっとした。さっきひろが見た光景と同じだ。

達之は力が抜けたように、達樹に寄りかかった。

「せやけど、あれきりやったんや」

いつのころからか、鉢には「水を入れてはいけない」と言われるようになった。蓮の咲いていない鉢は、あの瑠璃の揺らめきを見ることもできない。

まるで死んでしまったみたいだ。

達樹に支えられて、達之はソファにぐったりと腰を下ろした。

「去年の夏に心臓をやりましてね。医者は安静にしといたらちゃんと長生きできるて言わはる。これも神さんの采配やと思うて隠居することにしたんですわ」

これが最後の屛風祭になる。達之は小さくつぶやくように言った。

「……せやからどうしても、この鉢に蓮を植えたかったんや」

少し疲れたのだろうか。背の丸まった達之は先ほどよりずっと小さく見える。達樹がため息をついた。達之を支えてソファから立ち上がらせる。

「無理したあかんてお医者さんに言われてんのに、母屋から出てくるからや。どうせ屛風祭で挨拶に出てくるんやから、今は母屋でおとなしいしといてや」

達樹の腕を、枯れたような達之の手がつかんだ。

「……後は頼んだで、達樹」

達樹が顔をしかめたのをひろは見た。この宿で達樹が時折見せる表情だ。何かをこらえるような顔で一度息をついて、祖父を母屋へ送ってくるとロビーを後にした。

母屋から戻ってきた達樹は、ひろに向かって苦笑いをこぼした。

「ごめんな世話かけて。病院から戻ってきてからこっち、じいちゃんなんや弱気になっててな」

拓己が問うた。

「達之さん、そんな具合悪いんか？」

達樹は首を横に振った。医者は無理さえしなければ、食欲や体力も徐々に戻ると言っている。だが達之本人には思うところがあったようだった。

「救急車で運ばれて死ぬかもしれへん、て目にあって。それで宿のことがえらい心配なったみたいです。うち、ひいじいちゃんが早よ死んでて、じいちゃんが長いことこの宿を守ってきたから」

達樹は苦い顔をした。

「うちの社長は次は親父がなるて決まってるんですけど、その後はおれやてうるさいんですよ。そんなんおれまだ高校生やし……何したいかもわからへんのに、家だけ継ぐこと決まってるんはおかしい」

ひろはどきりとして、隣の拓己をそっと見上げた。拓己は複雑そうな顔で苦笑している。将来を自由に選べることと、決まった道があることはどちらが幸せなのだろうか。拓己や椿は父や母の背を追っている。陶子は陸上で新しい将来を切り開こうとしている。けれど三人とも、自分で選んだことだけは同じだ。

ひろは達樹の気持ちが痛いぐらいにわかった。それでも二人とも、なんとか選ぼうとしてもがいている最中だ。

達樹がロビーの時計を振り返った。大きな柱時計は艶のある振り子が左右に揺れている。時刻は午後五時、そろそろやな、と達樹がつぶやいた。屏風祭を開く準備があるのだろう。ひろと拓己は立ち上がった。

通りまで送ってくれた達樹が、おおの屋ののれんの前で腕を組んだ。

「三岡、あの鉢なんやけど、要は水か蓮かわからへんけど全部がだめやなくて、あの鉢が気に入るもんやったらええていうことやんな」

ひろは曖昧にうなずいた。

「うん……たぶん」

「ほんま不思議な話やな……おれ、何がええんかちょっと調べてみる。屏風祭の目録とかあるやろうし」

達樹の目は母屋を向いている。

「……じいちゃん、隠居したら丹波《たんば》の別邸に住むんや。あんまりこっちにも出てこられへんようなる。おれ、あの鉢に蓮が咲くとこじいちゃんに見せたりたいんや」

達樹が祖父を支える手はあたたかく優しかった。軽口をたたきながらも、祖父のことを大切にしているのがひろにはわかった。

祖父が体調を崩して、本当は達樹だってずっと不安なはずなのだ。ひろも達樹に向かってうなずいた。

「わたしもできることがないか探してみる。あの……が、頑張ろうね！」

ひろがなんとか笑うと、達樹が目を丸くした。ふい、と視線をそらされてしまう。

「……なんや、三岡てそんな感じなん」

「そんな？」

「いや……いつも砂賀とか西野《にしの》の後ろに引っ込んでびくびくしてるイメージあったから……緊張してて全然笑わへんし。たまに何でもないとこ見てぼーっとしてるし」

「う……」

それについては反論のしようもない。

達樹と普通に話すことができているのは、最初に陶子が連れてきてくれたことと、拓己の後輩だということが大きい。人見知りについては鋭意改善中で、なんとかしようと奮闘している最中だ。

達樹が目をそらしたままぼそりと言った。

「別に悪ないんとちがう。クラスでもそういう感じでいたらええのに。……じゃあまた明日な。先輩も失礼します！」

達樹は最後は早口で言い捨てて、拓己に一礼すると宿の中に駆け込んでいった。

「あ、大野くんありがとう！」

ひろがあわてて叫ぶ。

肩に妙な重みを感じた。不思議に思って見下ろすと、拓己がひろの肩掛け鞄をぎゅっと押さえている。

「……後輩の腕に、蛇の咬み痕《かあと》つけるわけにはいかへんやろ」

拓己の手の隙間からシロの頭が飛び出ていて、しゃあぁ、と赤い舌をむき出しにしてうなっていた。

「どうしたの？」

拓己はシロを鞄の中に押し戻しながら、達樹の去っていった方を見つめた。

ひろの世界は確実に広がっている。これまでは家族と、そして拓己だけだった。

ぼんやりしているように見えるひろの目には、本当は美しい世界が広がっていること。緑の葉が光に透ける様や、風が吹き散らす白い雲の残滓《ざんし》や、雨がアスファルトを打つ水滴や。誰かにとっては何でもないそれら一つひとつが、ひろの目には美しく鮮やかに見えていること。

気弱で手がかかるけれど芯のところは強くて、自分でなんとかしようともがいていること。

そういうひろに、いつか周りが気がつき始める。

達樹は拓己の後輩だ。剣道部で何度も指導したことがある。真面目で一生懸命でいいやつだと思う。

いつかひろの傍に誰かが寄り添うのなら。きっとああいう人がいい。不器用だけれどまっすぐな二人はきっと相性がいいのだろう。

拓己は舌打ちしそうになる思いを喉の奥に押し込めた。

鞄から顔を出したシロが、不機嫌そうに牙をむいた。

「なぜ止めた、跡取り！　今からでも遅くない」

「はいはいやめたってな、あいつ剣道部やから腕大事やからな」

「知らないな」

金色の瞳が剣呑《けんのん》に揺れた。

シロは自分の想いにいつも忠実だ。気に入らないものはすぐに切り捨ててしまう。

その潔《いさぎよ》さがうらやましいと、ふと思うことがある。そのたびにいつだって理性が拓己を引き留めるのだ。

——おれは彼女を導く人であるべきだ、と。


拓己とひろが清花蔵へ戻るのと入れ替わりで、正《ただし》と実里は出かけていった。

「宵山行くんやて。酒屋さんらの会合もあるらしいし」

拓己は冷蔵庫の中をごそごそ探し始めた。横の炊飯器を開けて顔をしかめる。

「うわ、米あらへん。……そうめんやな」

「わたしも手伝う」

「助かるわ。適当にそうめんゆでてくれ」

ひろは鞄を椅子の上に置いた。シロがするりと鞄から抜け出して、ひろの足元にすり寄る。シロはいつも勝手に来たり消えたりするけれど、食べ物の乗る机には上がったりしない。神酒《みき》『清花』を仕込む清花蔵にはそれなりに敬意を払っているように、ひろには見えた。

ひろは汗を拭いながらそうめんをゆでて、なんとかガラスの器に盛りつけた。実里がやってくれるように一口ずつきれいに盛りつけるのは無理だから、せめていくつか氷を添えておく。

拓己は冷蔵庫から、実里が作ってくれていたおかずをあれこれ出しては皿に乗せていた。

三十分もすると、食卓の上は十分豪華になった。

真ん中にはひろのゆでたそうめん。氷を一つ落とした濃い目のつゆには、茗荷《みょうが》、ねぎ、刻み生姜《しょうが》、ごまと薬味をたっぷり入れる。

大皿には色とりどりのおかずが少しずつきれいに並んでいた。じゅんさいの酢の物に、厚揚げの煮物、万願寺《まんがんじ》とうがらしの煮浸し、鰯《いわし》の佃煮《つくだに》と並ぶその横に、鱧《はも》の押し寿司《ずし》。

「これがあると、夏やなあて感じするわ」

あめ色に煮付けられた鱧をほぐして、寿司に整えたものだ。山椒《さんしょう》の実が散らしてある。山椒のちり、とした刺激と独特の香りの後に、たれのしみ込んだ鱧の身がほろりとほどける。あっさりとしていて、夏の暑いさなかでもいくらでも食べられそうだった。

拓己と二人で片づけを終えた後、ひろはシロを膝に乗せて縁側に腰かけた。この時期は夜になっても気温は下がりきらない。昼間の熱がこもったままの盆地では、熱帯夜が続いていた。

拓己が氷の入った麦茶を持ってきてくれて、ひと心地ついたころ。ひろは膝の上のシロにそっと尋《たず》ねた。

「あの鉢は、やっぱりシロなのかな」

シロはしばらく黙り込んだ後、つぶやくように言った。

「おれにもわからない」

シロの金色の瞳が不安そうに揺れている。ひろは大丈夫だよ、というつもりでそのうろこをゆっくりと撫でた。

拓己がグラスの麦茶を一気に飲み干した。

「巨椋池の泥と水で作った言うてたな。あの鉢がそのせいで自分が白蛇——指月やと名乗ってるんとちがうか」

「……それなら、確かにあの鉢はおれの一部だな」

シロは小さくため息をついた。

「鉢はわからないが、あそこに描かれていたのはおれだ」

「江戸時代の陶芸家さんが、シロを目撃したんだよね。シロはあの光景を覚えてるって言ってたけど……」

腕の中のシロが鎌首《かまくび》をもたげた。金色の瞳がじっと空を見上げている。

「ああ」

シロは、小さく笑ったようだった。

「夏の朝、夜が明ける頃だ」

——薄月の夜明け。藍色に沈んだ水面が、やがてじわりと茜色ににじんでいくその瞬間に、固く結ばれた蓮のつぼみが一斉に開くのだ。

薄い桃色や柔らかい白色、紅《べに》をはいたような赤。見上げると薄藍の空には月が浮かんでいる。

瑠璃と茜が交わる瞬間のその光景は、この世のものとは思えないほどの美しさだった。

「長く生きているが、あれほど美しいものはそうない。おれは薄月の夜明けにそれを見るのが好きだったんだ」

好きだった、と言うシロの金色は、懐かしそうにずっと遠くを見つめている。たまらなく美しかった光景を思い返しているのだろうか。

そうして、その鉢は言ったのだ。

「……──わがおおいけのよあけに、ふさわしきものを……」

ひろはゆっくり顔を上げた。こちらを見ている拓己と目が合う。

「鉢の声か?」

「うん。おばあちゃんも言ってたみたいに、鉢が水を腐らせたのは、おじいさんが鉢に入れたものを、気に入らなかったんだと思う。ふさわしくなかったっていうことなのかな」

ひろはううん、と眉をひそめた。

あの鉢が求めているものは、何なんだろう。

あれがもしシロの言うように、シロの一部なのだとしたら。あの鉢が求めているものは、きっとシロも大切にしたいと思っているはずなのだ。

それを知りたい。

それは凍りつくように冷たいシロの不安を、溶かす鍵になるはずだから。

その夜、ひろの祖母、はな江が着物箪笥《だんす》からたとう紙に包まれた浴衣を出してくれた。

「これでええ？　昔誠子《せいこ》が着てたやつやけど」

ひろは大きくうなずいた。明日陶子たちと祇園祭に行くのに、浴衣を着たいと言っていたのだ。

「身長もなんとか合うやろ。一人で着られるん？」

「あ……だめかも」

母はひろにいろいろな服を着せるのが好きだったから、夏はお祭りで浴衣を着たこともある。着付けは母に任せっぱなしだった。

はな江は困ったように頬に手のひらをあてた。白い髪を結い上げた祖母は、裾《すそ》に波紋のあしらった着物を着ていて涼し気だ。

「そら困ったなあ。ほんまやったらわたしが着せたげたいんやけど、明日も貴船から呼ばれとって夜遅うなるんよ」

蓮見神社の祭神は貴船と同じ高龗神《たかおかみのかみ》という神様だ。縁があるからか、それとも川床が開かれる時期だからか、最近祖母は貴船まで遠出することが多くなった。

そうでなくてもあっちこっち引っ張りだこのはな江は、ますます忙しそうだ。夏はいつもこんな感じだというから、こういう仕事にもシーズンというものがあるのかもしれない。

ひろは少し考えて、顔を上げた。

「明日、実里さんに頼んでみる。実里さんが忙しそうだったら諦《あきら》めるよ」

ひろは浴衣を受け取って、祖母を見上げた。

「おばあちゃん、やっぱりしばらく忙しいよね」

はな江は難しい顔をした。

「そうやなあ……お盆過ぎるまではちょっとばたばたしよる。おおの屋さんの鉢の件？」

ひろは曖昧に首を横に振った。祖母の顔は少し疲れているように見える。いつもはつらつとして年齢を感じさせない祖母だが、この暑さもあって疲れがたまっているのかもしれない。

「大丈夫だよ。拓己くんも手伝ってくれてるし」

達樹の祖父のように、はな江も無理の利かない年齢だ。いつ何があってもおかしくない。

そう思うとひろは心臓がきゅうっと痛くなる。

「わたしが、なんとかやってみる」

少しずつでいいから祖母の手伝いができればいい。そういうつもりでひろは言った。

はな江がふふ、と笑った。

「わたしもひろくらいのころ、そうやって母さんの仕事に、ついていってたことあるわ……」

ひろは目を丸くした。そうか祖母もこの仕事を、先代——曾《そう》祖母から引き継いだのだ。祖母にもひろと同じぐらいの歳のころがあったと思うと、当たり前なのだけれどなんだか不思議な心地だった。

「おばあちゃんは、いつ蓮見神社を継ごうって決めたの？」

「ひろの歳よりもっと後よ。高等学校卒業してからお手伝いはしてたけど、ほんまは、家から出たくて出たくて仕方なかったんよ」

祖母は畳に腰を下ろしてひろの前に座った。どこか懐かしいものを見るような目で、柔らかく笑う。

ひろは少し驚いていた。祖母は望んでこの神社を継いだのだと思っていたからだ。

「わたしの時は、ちょうどラジオとか新聞とか婦人雑誌なんかで、都会の情報がたくさん入ってきたころなんよ。流行のお洋服やらパーラーやら、なんでもうらやましく見えたん。神社なんてこんな古くさいとこいたないって、よう駄々こねてたわ」

祖母は肩を震わせて笑った。

「——誠子は、わたしに似たんやね」

ひろの母、誠子は高校を卒業してすぐに東京へ出た。

母は都会の人だとひろは思う。あのめまぐるしく動き続ける喧騒《けんそう》の中を、まっすぐに颪を切って歩いていける人だ。

　ひろにはそれは無理だった。流されるばかりで上手に息ができなかったひろを、すくい上げてくれたのはこの伏見の土地と拓己と祖母だ。

「わたしも、東京で暮らしてたこともあるんよ」

「えっ⁉」

「違う土地でほんのちょっと暮らしてみて、それで……やっぱりここがええなあ、て思って戻ってきたん」

　一度外に出なくてはわからないこともある。祖母はそれでいいと言った。母もきっとそうして東京を選んだのだ。

　東京の真ん中で立ち続ける母と、不可思議で曖昧なものの傍で過ごし続ける祖母。どちらも自分で選び取った結果だ。

　では、わたしはどうすればいいのだろう。このところひろを悩ませ続けている問題は、いつまで経《た》ってもぐるぐると胸の内にわだかまったままだ。

　いや、とひろは首を横に振った。

　答えは見えている。あとはそれを選ぶ覚悟があるかどうかだ。

3

十五日、ひろは学校が終わるやいなや、家に飛んで帰った。

浴衣を抱え、祖母に持たされた土産《みやげ》を手におずおずと実里に頼んでみたところ、両手を上げて喜ばれた。

「浴衣!?　ひろちゃんが!?　祇園祭やね！　待ってて、すぐ行くから客間にいてて」

台所仕事を放り出して飛んできた実里は、あれよあれよという間にひろに浴衣を着つけてくれた。

「ちょっと大きいけど……折ったらいけるね。これ、ひろちゃんの浴衣なん？」

浴衣は深い紺地に、黄色で小ぶりのひまわりが描かれている。帯も黄色で鮮やかにはえた。

「お母さんのだって聞きました」

「そうなんや。誠子さんもこんなかわいらしい浴衣着たはったんやねえ」

実里はひろの後ろに回って、手際よく帯を結んでくれた。

「今、誠子さんてお洋服も、エレガント言うんやろか、都会の人って感じで。せやからこういうかわいらしい浴衣着たはったところもあるんやて思うと、なんやほっこりするやんね」

ひろは答えに困って、わずかにうつむいた。たぶん今、母にこの浴衣を差し出してみても絶対に着ないだろうとひろは思う。

誠子は東京でハイブランドのバイヤーをしている。着る服にはいつだって気を使ってて隙《すき》がない。いつか祖母があこがれた、都会の風と流行を身につけるのが、母の仕事だった。

ひろは袖《そで》をひらりと振ってみた。鮮やかな黄色のひまわりが揺れる。母もこの浴衣を着て、祭りに行っていたころがあったのだ。

帯を結び終わった実里が、たくさんの箱をうきうきとひろの前に並べた。

「ひろちゃん、好きなん選んでええんよ」

「え……」

箱の中はどれも簪《かんざし》や髪飾りだ。薄い和紙に包まれて丁寧に箱にしまわれている。

「ええ、いいですよ実里さん！　着付けてもらっただけで申し訳ないのに……」

「うちは男兄弟やし、二人とも浴衣なんか着いへんし、ほんまつまらへんのやもん。な、選んでひろちゃん！」

ぱああ、と美里が笑う。その笑顔に押されるように、ひろは箱の中からおずおずと一つ選んだ。小さな翡翠《ひすい》の蝶々《ちょうちょう》がついた髪留めだ。これなら小さいし、派手すぎるということもなさそうだった。

実里はその蝶々をひろの髪に留めてくれた。実里に任せっぱなしなのが申し訳なくてまなじりを下げる。

「いつか、ちゃんと浴衣も着られるようになったらなあって思うんですけど」

「浴衣は簡単よ。いつでもわたしが教えるさかい。あ、でもそしたら、うちの浴衣も着てくれる？」

いっぱいあるんよ、と実里がぱっと立ち上がったので、ひろはあわてて引き留めた。

実里は完成したひろの姿を鏡で見せてくれた。いつもと服と髪型が違うだけで、なんだか心が浮き立つのを感じる。

実里に見送られて、ひろはからころと下駄を鳴らして近鉄の駅まで歩いた。

友人二人との待ち合わせは、地下鉄四条駅だ。京都はこれから二日間、烏丸通から西を中心に提灯がずらりとぶら下がり、たくさんの屋台が出る。一年で最も盛大な夜だ。

浴衣を着ようと提案したのは陶子だった。

陶子は高い身長を生かして、黒の絽《ろ》の浴衣に大ぶりの牡丹《ぼたん》が赤く浮き上がっている。帯は表地が緑、腰で結ぶと裏地の薄い桃色が見えた。

陶子を頭のてっぺんからつま先まで眺めて、椿がしみじみと言った。

「陶子もそうやってると、美人さんやのになあ」

「なんでちょっと諦めた感じで言うたん？　わたしはいつも美人さんやろ」

陶子のいつもの活発さが抑えられて、代わりに大人っぽさが引き立ってるなあ、とひろは思う。背が高い分モデルみたいでうらやましい。

椿は、白地に紺色の花が散らしてある落ち着いた雰囲気の浴衣だった。帯は群青《ぐんじょう》、艶やかな黒髪を結い上げて、白いうなじを見せている。歩いている人がちらちらと振り返っているのを見て、さすが椿小町《つばきこまち》だとひろは妙に感動した。

四条烏丸の交差点から東をのぞむと、橙《だいだい》色に灯った駒形提灯の向こうに長刀鉾が見えた。一車線まるごと占領するほどの大きさだ。

鉾の上には囃子方が枠に腰かけるように座っていた。

高い笛の音と太鼓、コン、コン、シャン、シャン、と鉦の音が響く。それに合わせて、鉦から伸びた長い飾り紐《ひも》が、胴の錦の織物の上を生き物のように跳ね上がる。

長刀鉾を見物して、折り返して四条通を西へ。

西には函谷鉾と、その向こうに月鉾が連なっていた。

左右をコンクリートのビルに挟まれたアスファルトの通りに、笛と鉦の音を従えて錦の織物をまとった巨大な鉾がそびえる姿は、ぞっとするほど美しい。

　そこだけが違う世界に切り取られているかのようで、ひろは気圧《けお》されたようにつぶやいた。

「……これが、明後日には全部動くんだよね……」

「そうや。四条通を通って河原町《かわらまち》まで行って、御池《おいけ》をぐるーっと回ってかえってくるんよ」

　陶子がぐるり、と腕を回した。こんな大きなものを人が引っ張って動かすらしい。どうやって動くのか想像もつかない。

　橙色の提灯がゆらゆらと揺らめく。

　昼間の熱をアスファルトが放熱していて、地面から立ち上る熱気で歩くのも一苦労だ。その熱さだけが、ひろをこの夢のような光景から、現実にとどめてくれている気がした。

　隣で椿が前を指した。こんなに暑いのに椿は汗一つかいていない。

「うち菊水鉾《きくすいほこ》行きたい。裏入ったらちょっとは人も少ななるやろし、室町《むろまち》で曲がってや」

「椿んちは菊水鉾の粽《ちまき》なん？」

　陶子がそう問うと、椿がうなずいた。ひろがきょとんとしているのがわかったのだろう。椿が教えてくれた。

「それぞれの鉾で粽いう……笹を丸めたみたいなやつが売ってて、それを買って家に飾ると、厄払《やくばら》いになるんよ」

祇園祭はそもそも、夏越祓《なごしのはら》えという夏のさわりを取り払う祭りだ。それぞれの鉾や山の粽を玄関に飾り、次の年にその粽を返しに行って、新しいものをもらって帰るのが決まりだった。どうやら京都にありがちな、各家庭で決まっているというものらしい。

「陶子んとこは?」

「毎年兄貴が買《こ》うてくるからよう知らんわ。蓮見神社は?」

陶子に問われてひろは自分の家を思い返してみた。どこにもなかったような気がする。

「神社やからかな。祇園祭は八坂神社《八坂さん》のお祭りやし、よその神さんのものは置けへんのかもしれへんね」

「そうなのかな、でも自分の部屋に飾るぐらいはいいかなあ」

「ええんとちがう」

椿がうなずいてくれた。せっかくだからと、ひろも一つ買う気になった。

「どこの粽がいい、とかがあるの?」

「好きなんでええよ。お守りとかお札とかいろいろあるし、何個か見に行って気に入ったんにしよ」

陶子があっけらかんと言った。

京都の風習はどうにも敷居が高い印象だけれど、ふたを開ければ案外優しいこともある。好きなものを選んでいいのかと思うと、ひろは急に楽しくなった。

椿の粽を返しに行った菊水鉾は、室町通を曲がったすぐのところにあった。鉾頭には菊花の飾り、胴は金色の織物でぐるりと囲われ、四方には赤い玉の飾りが揺れている。豪華絢爛《けんらん》という言葉がふさわしい。

椿が新しい粽をもらった後、ひろは二人に提案した。

「蛸薬師通で、大野くんの家が屛風祭をやってるんだって。せっかくだから見に行かない？」

菊水鉾から蛸薬師通まではすぐだ。二人は二つ返事で快諾してくれた。

蛸薬師通も普段よりずっと人が多く、ちらほらと屛風祭を開いている家も見受けられた。おおの屋はこのあたりでも大店で、着物を着た人や観光客が大きなのれんをくぐって、中に入っていくのが見える。

のれんの前で客を整理していた達樹が、こちらに気がついて顔を上げた。

椿と陶子、ひろを順番に見て、達樹が目を丸くした。

「三岡、浴衣やん」

「うん。三人でお祭り見に来たんだ。それで、せっかくだから大野くんのところにも行ってみようって」

　今日は隣に拓己はいない。少し緊張したけれど、案外普通に話すことができていると、ひろは少しほっとした。

「中入ってや。飲み物も出してるしエアコンもきいてるから、涼んでいってくれ」

　招かれるままにひろたちはのれんをくぐった。達樹が前に立って案内してくれる。後ろで陶子がにや、と笑った。

「大野、うちらに何かないん？」

「何かって？」

「ほら。こんな美人が浴衣着てるんやで。言うことあるやろ」

「西野さんは慣れとるて感じやし、砂賀は浴衣の方がかわいそうや」

「どういう意味や」

　陶子が達樹の肩をたたいた。陶子は男子相手に物怖《ものお》じしない。仲がいいのかな、とひろが和《なご》んでいるとふと達樹と目が合った。と思った瞬間にふい、とそらされる。

「……それから、三岡も似合《にお》うてると思う」

　ひろはぱちりと瞠目《どうもく》した。

「ありがとう、うれしい」

「……そっか」

達樹が妙にぶっきらぼうにそう言ったあたりで、三度目となるおおの屋のロビーに案内された。

ロビーは数組の見学客がいた。祭りついでにふらりと入ってきた人はほとんどおらず、大抵はメモをとっているか熱心に写真を撮っている人で、おおの屋の美術品が価値のあるものなのだと、ひろは改めて感心した。

ひろは後ろから達樹に肩をたたかれた。

「三岡、ついでにちょっとええかな。鉢のことなんやけど」

陶子と椿は熱心に屛風や着物を眺めている。ひろは小さくうなずいて、そっと端へ寄った。

「あの鉢に正しいものを植えれば……水が腐ったりするのも止まるし、あふれたりすることもないいんやんな」

「たぶん、そうだと思う」

今は沈黙しているあの瑠璃色の鉢に、いったい何がふさわしいのか。ひろは昨日の夜から答えを探し続けている。

達樹がポケットからコピー用紙を取り出した。

「昔、あの鉢に何が植えられてたかわかればと思て、蔵の記録あさってみたんや。例えば蓮でも品種とかがあるんかもしれへんて思たんやけど」

なるほど、とひろはうなずいた。昔植えていたものと同じ品種の蓮、というのはありそうだ。達樹が見せてくれたのは、古い目録のコピーだった。

「うちが伏見の宿をたたんだのが、一九三二年。鉢はそこからずっとこの蛸薬師の本邸にあるんや。そのあたり毎年屏風祭を開いてて、何を展示したかの目録がある」

これ、と達樹はその一行を指した。

「一九四〇年まで、鉢には蓮を植えて飾っていたみたいなんや。品種はわからへんかったけど、色は描いてある」

薄桃、白紅、紅、白……。ひと夏に数度植え替えられていて、そのたびに色が違っているところをみると、色も品種もバラバラのように思える。

次の行から年代が跳んでいるのをみとめて、ひろは顔を上げた。

「そこから先が、しばらく抜けてるのはどうして？」

目録は、その先が一九四一年から一九四六年まで六年分飛んでいる。

「たぶん戦争やないかと思う。それで祇園祭が中止になったんやて。四十七年から一応復活して、うちもほそぼそ屏風祭もやってたみたいなんやけど……蓮を植えたって記録がここまでなんや」

そのころから『水を入れてはならぬ』と言われ始めたらしいと、達樹が言った。

「品種じゃないし、色……とかでもなさそうだよね」

「そうやなあ……」

達樹は顔を上げた。

「ごめん、おれここまでしか調べられへんくて」

「すごく助かった。おばあちゃんと拓己くんに相談してみる」

「ありがとうな、三岡。じいちゃんのわがままに一生懸命になってくれて」

「ううん。わたしも、あの鉢に何を植えればいいのか、知りたいんだ」

祖父のためにと一生懸命な達樹の手助けをしたい。それに、鉢を知ることはきっと――シロを知る手がかりになるから。

達樹は知り合いらしい男に声をかけられて、ひろに片手を上げて戻っていった。仕立てのいい着物を着ているから、得意先の人かもしれない。

ひろはロビーの片隅でほっと息をついた。緊張したけれど、達樹と普通の友人のように話すことができている。自分にしては成長したのではないか。

軽い満足感に浸っていると、後ろから右肩と左肩にそれぞれ重みを感じた。

「ひろー。何や今の。めっちゃええ感じやったやん？」

右肩は陶子。

「いきなり大野くんの家行きたい言うたから何かと思ったけど、どうしたん？」

左肩は椿だ。ひろは不穏な空気を察して、体をこわばらせた。

「おばあちゃんのお使いみたいな感じだよ。拓己くんと一緒にお邪魔したんだ。大野くんすごく話しやすいし、わたしがおろおろしてると気を使ってくれたから、いい人だよ」

陶子が複雑そうな顔をした。

「……そら、清尾先輩も気が気やなかったやろな」

「ほんま気の毒やわあ」

椿がほう、とため息をつく。

陶子がにやりと笑った。ひろは直感した。陶子のこの顔は、人をからかう時のそれだ。

「それで、ひろ的には大野はどうなん？」

「どう？」

「話しやすい、優しい、気が使える。ちょっとええなあ、とか思わへんの？」

「え、ええなあ……？」

思わずそのまま繰り返して、ひろは眉をひそめた。椿が笑う。

「付き合ってみたいとか思わへんの、ってそういうことや」

ひろはぴたりと動きを止めた。

「え……ええええ……」

思ってもみなかった選択肢を提示されて、ひろは混乱した。陶子と椿はひろのことをかいかぶりすぎだ。達樹はひろにとって、なんとかやっとまともに話せるようになった学校の人だ。それも達樹が気を使ってくれて成立している。ひいき目に見て友人ぐらいじゃないだろうか、それでも厚かましいと思われるかもしれないと、ひろは思っている。

「……陶子ちゃん、椿ちゃん」

ひろは、いいですか、と二人の手を肩から外してまっすぐ見つめた。

「大野くんは、わたしと頑張ってしゃべってくれてるいい人なんだよ。っ……付き合うとか大野くんに悪いよ」

「そう？　あっちはまんざらでもないと思うけど」

そんなわけない、とひろは反論した。

ひろにとって、恋愛感情はコミュニケーションのハードルの遥《はる》か先にあるものだ。知り合いや友人ときちんと関係を作れるようになってから、ようやく認められることだと思う。

だからまだ先のこと。人を好きになるなんて、きっとわたしにはずっとずっとおこがましいことだ。

なんとかそう伝えると、陶子も椿もそろって顔を見合わせていた。

やがて椿が優しく言った。

「ひろちゃんのそういう一生懸命なとこは、わたしすごく好きよ。でも……そんな風に、段階を踏んだり、計算できるようなものやろか」

椿が艶やかな黒髪を揺らせた。その目はどこか遠くを眺めているように見える。白磁《はくじ》のような頬がうっすらと赤みを帯びていた。

椿の恋する人は、三月で卒業してしまった同じ部活の先輩だった。今でも時々連絡を取り合っているとひろは知っている。

陶子が笑った。

「あなたはコミュ力合格です。今日から恋愛してもオッケーです。みたいな、きっちりした線なんか絶対引かれへん。話すのが好きか嫌いか、得意か苦手かも関係ない」

椿が泣いてしまうのかもしれないと思うほど、切なさを帯びた声でその先を続けた。

「いつか突然気がつくんよ——ああ、この人のこと好きなんやなあって」

夜も七時を回ると空は深い藍色に落ちていく。

烏丸通は喧騒に満ちていた。四条通から御池通までの南北には、左右の歩道に沿うようにずらりと提灯が並び、隙間なく屋台がひしめき合っている。屋台を回りながらいろいろな話をした。学校のことや友だちのこと、祭りのこと。話題は途切れることはなかったけれど、ひろの頭の隅には椿と陶子の言葉がぐるぐると回っている。

通りにひしめく人混みの中に、ひろは知らず知らずのうちに目を凝《こ》らしていた。無意識に誰かを探している。

大学生らしきグループを見るたびに、一瞬どきりとするのだ。

ひろはこぼれそうになったため息を、むりやり押し隠した。

蓮見神社にまだ祖母が戻っていなかったので、ひろは清花蔵を訪れた。一人で浴衣を脱ぐことはできても、傷《いた》まないようにまた畳むのは難しい。はな江が戻っていなければ清花蔵に来てもいいと、実里があらかじめ提案してくれていたのだ。

ひろは翡翠の蝶々のお礼に、実里に祇園祭で見つけた餅《もち》菓子を買ってきた。

喜んでくれるだろうかと少しわくわくしていると、玄関に出迎えてくれたのは実里ではなく拓己だった。

「ひろ……」

ひろを見た拓己はどうしてだか、ずいぶん驚いているようだった。

「……浴衣」

そうつぶやいた拓己の目が上から下まで動く。それがなんだか錆《さ》びた機械みたいにぎこちなくて、ひろは首を傾《かし》げた。

「実里さんに着せてもらったんだよ。拓己くんも帰ってきてたんだね」

四条駅には祭り帰りの学生がごった返していた。これから飲みに行く様子のグループもあったから、拓己もそうだと思っていたのだ。

「おれも今帰ってきたとこ。大地は飲み行くて言うてたけど断ってきた。母さんちょっと出てるから中で待っててや」

しばらく経って、茶を出してくれた拓己は、もういつもと変わりない様子だった。

「似合《にお》てんな、浴衣」

「本当？　ありがとう。陶子ちゃんも椿ちゃんも、大野くんも褒《ほ》めてくれたんだ」

「……大野？」

途端に拓己の声が剣呑さを帯びた。

「なんで大野？」

「途中で屛風祭を見に寄ったんだよ」

「椿ちゃんたちも一緒か？　一人？」

「一緒だったけど……」

拓己が視線をそらしたまま、ほっと息をついている。今日の拓己はどこかおかしい。ひろは首を傾げながら拓己の方を向いた。

「大野くんに鉢のことをちょっと聞いてきたんだ」

記録と品種の話をすると拓己が腕を組んだ。しばらく何事か考え込んで、やがて奥からファイルをとってきてくれた。

「おれも大学の図書館で資料あさってみたんやけどな」

ひろが身を乗り出した。拓己が何枚かの本のコピーを取り出した。

「植えなあかん蓮が決まってるっていうのは、あるかもしれん。ただの蓮やったらあかんのやと思う」

「だけど、前はいろんな色とか品種を植えてたみたいだよ」

「おれも確信はなかったんやけど……大野の話聞いてわかった」

拓己は畳の上に資料を広げてくれた。

「大野は、何年か屏風祭やってへん時期があるて言うたんやんな」

戦争で祇園祭が中止になった時だ。拓己がスマートフォンを操作して、画面をひろに見せてくれた。

「祇園祭が中止になったんは、一九四三年からやて。で、おおの屋が屏風祭をやったて言う記録は一九四〇年が最後なんや。間に二年ある」

ひろは目を瞬かせた。だとすれば蓮が植えられなくなったのは、戦争より少し前ということになる。

拓己が資料を指した。

「……巨椋池が完全に埋め立てられたんが一九四一年なんや」

拓己の資料には巨椋池が当時、蓮の一大栽培地だったと記録されていた。盆の時期には京都市内にまで出荷されていた。

「伏見の宿をたたんだのは、埋め立てが始まった前年の一九三二年。巨椋池の干拓は十年近い事業やから、それからしばらくは巨椋池の蓮は育てられてたんとちがうかな」

おおの屋に出入りしていた花屋たちが、巨椋池の蓮を扱わなくなったころ。おおの屋の水にさわりが出始めたのだ。

「これはたぶんなんやけど、一九四一年も四二年も、屏風祭をやろうと思ったんやないかな。でも……いざ蓮を植えてみたら、水にさわりが出て中止になった」

それが、正しい蓮ではなかったから。

そうか、とひろは顔を上げた。──考えてみれば当然だった。

「だから、ただの蓮じゃだめだったんだ」

色も品種も関係ない。

あの池の蓮でなければ、だめだったのだ。

ひろはさっと体が冷たくなっていくのを感じた。

──だって、それは絶望的だ。

巨椋池はすべて埋め立てられてしまった。もうあの池に蓮が咲くことは二度とない。

「もう鉢には、何も植えられない……」

あの池の土で造られ、水で練られ、美しい景色をうつしとったあの鉢は、きっと再び眠りから覚めることを望んでいる。

だからひろが声を拾ったのだ。

「……どうしよう、拓己くん」

拓己も難しい顔で唇を結んでしまった。

その時、ひろの腕をするりと白いものが這《は》った。シロだ。ひろを見上げてその金色の瞳を柔らかく溶かした。

「祇園か。浴衣も似合っているな、ひろ」

ひろはシロをすくい上げて膝の上に乗せた。シロはすぐにするりと鎌首をもたげた。

「どうした、ひろ。悲しそうな顔をしている……！」

シロがあわてたようにひろの肩に這い上がった。水のような透明なうろこが視界の端できらきらと光る。

「何が悲しい？　大丈夫か？　ひろ」

ひろはうつむいて唇をかんだ。

悲しいのは達樹や達樹の祖父で、あの鉢で、そしてシロだ。それなのにシロに慰められてしまっていることが、情けなくてたまらなかった。

ひろは手のひらにシロをすくい上げた。シロはすん、と鼻を鳴らせた。

「……あの鉢のところへ行ったのか。それでひろがそんな顔をしているのか？」

ひろはシロの金色の瞳をまっすぐとらえた。

「あの鉢にふさわしいものを見つけたんだ。大野くんと拓己くんが探してくれたのに――」

それは手の届かないところにある。

シロが小さく息をついた。

「……大池の蓮だろう」

「白蛇、お前わかってたんか？」

拓己が眉をひそめた。シロは冷めた調子で言った。

「あの鉢は二度と目覚めない。……あれが欲しいものはもうどこにもないからだ」

「このままだと、あの鉢はどうなるのかな」

「さあ。中途半端に起こしたんだ、あの宿の水を祟り続けるか、それともこのまま眠って……時が来ればやがて朽ちる」

今夜のシロは容赦《ようしゃ》がなかった。いつも興味がない、とばかりにさっさと話を切り上げるシロが、続けざまに吐き捨てるようにつぶやく。

「愚《おろ》かしい。もうないものにみっともなく縋《すが》るからだ。……早々に捨てておけばよかったんだ」

どこを見ているかわからない瞳で、声の最後は小さく消え入りそうだった。

ひろはシロの体をぎゅっと包み込んだ。そんなことを言わないでほしい。そんな自分をめちゃくちゃに傷つけるみたいに。

もうなにもかも全部、諦めているみたいに。

ひろはなんとなくわかった。シロがずっとその瞳の奥底に沈め続けている、あの得体の知れない不安の正体を、やっとその目で見た気がした。

シロはたぶん心の内で、こんな風にずっと諦め続けている。

ある日突然、美しく大好きだった何もかもを失って、誰にも見つけてもらえないままたった一人で生きていくのは、想像するだけでぞっとする。

だから知らないと全部に背を向けて。なかったことにしているのはシロ自身だ。

やっぱりあの鉢はシロだと、ひろは確信した。

だから――どうしても見つけてあげたいんだ。

「大丈夫だよ、わたしがシロのなくなったものを、ちゃんと見つける。シロを一人にしないから。約束」

シロがぴくりと顔を上げた。

「ひろ」

拓己がひろの肩をつかんだ。その眉がぎゅっとひそめられている。安易に約束を取り交わすべきじゃないと、その顔が言っている。ひろは小さく笑った。

「大丈夫」

シロはじっとひろを見つめていた。小さな蛇の姿から表情を読み取ることは難しい。それでもひろの手のひらの間にぐるりと潜り込むように、頭だけ出して赤い舌をちらつかせた。

「……あの庭師がいただろう。あの庭に行ってみろ」

志摩《しま》のことだ。先月紫陽花《あじさい》の件で志摩の家に行っていたころ、そういえばシロはずっと様子がおかしかった。

拓己が何かを思い出すように、視線を宙に投げた。

「確かに蓮はあったような気がするけど、あれは志摩さんが育てたはるやつやろ」

シロはふい、とそっぽを向いてしまった。

「おれも理由は知らない。確信もない。……だがあの蓮は……おれのかもしれない」

ひろと拓己は顔を見合わせた。

4

翌日十六日、学校が終わったひろは拓己とともに宇治《うじ》にいた。おおよそひと月ぶりに訪れた志摩の庭は、紫陽花が終わりかけていて夏の花が咲き始めている。

プランターにはオレンジとピンクのガーベラ、庭の端の夾竹桃《きょうちくとう》の木には白い花がついている。庭の隅には小さく囲われた一角があって、そこにはひまわりを植えると言っていた。

夏の花は明るく鮮やかだ。太陽の光をいっぱいに反射して、色とりどりに咲き誇る。

拓己の紫陽花も順調だと、志摩は言った。仁《じん》の家から切ってきた、捨てられていた赤い紫陽花も来年には花が咲くだろう。

「……アカイロは、藤本《ふじもと》さんの家に戻ったんだろうか」

志摩は少しばかり肩を落としてそう言った。志摩の家に住み着いていた小さな猫は、きっともうあの姿で志摩の前には現れないだろう。

拓己が植木鉢に植え替えられた紫陽花の枝を見下ろして言った。

「仁のとこには戻ってないみたいですけど。でも、大好きな人の傍で元気にしてると思います」

どこかで鈴を転がすような声が聞こえた気がして、ひろも顔をほころばせた。

庭の真ん中にはいくつか鉢があった。広くて深い鉢から、深緑色の蓮の葉が伸びている。志摩が一つの鉢の前で立ち止まった。蓮の中でも比較的背が低く、小さな種類だ。ひろの手のひらの半分ほどのつぼみが、一つついていた。

志摩の指先が葉を撫《な》でた。

「――確かに、これは巨椋池の蓮だ」

手のひらほどの蓮の葉は表面で水をはじいている。宝石のような雫《しずく》はつるりとすべってきらきらと光った。つぼみは先端がほんのり紅に色づいていて、ふっくらと丸みを帯びている。もうすぐにでも開きそうだった。

「巨椋池は長雨が降るとよく氾濫《はんらん》したそうだ。その時に池から流れ出た蓮の種が、近くの寺から見つかったんだ」

巨椋池から流出した泥が一帯を覆《おお》った時、その泥に交じっていた蓮の種を、その寺の住職が長く保管していたそうだ。蔵の中から出てきたそれを植物園や大学、宇治の庭師連中で分けて、志摩もそのいくつかを手に入れた。

拓己が感心したように志摩を見た。

「でも、下手したら百年以上経ってる種ですよ。育つもんなんですか」

「蓮の種は種子が硬くて中がしっかり守られている。二千年前の種から芽が出たという話もある」

志摩は葉の埃《ほこり》を拭い、水の表面に浮いた枯れ葉を掬《すく》い取った。その様子は手慣れているようでとても丁寧だ。

志摩が言うには、巨椋池の蓮はずいぶん再生されているそうだった。繰り返された氾濫で流出し、近くの池や寺で育った蓮の子孫を集めて育てられている。決して簡単なことではないけれど、年に何度か植物園で見る機会もあるという。

「おれがもらった種は八粒。芽が出たのはその半分。今年つぼみがついたのはこれ一つだ」

だが、と志摩は言葉を濁《にご》した。

「しばらくずっとこのままだ。花が開かない。もういつ咲いてもおかしくないんだが……」

ひろは身を乗り出した。直感だった。

その花は咲くのを待っている。

自分が花開くための——あの薄月の夜明けを待っているのだ。

たった一つつぼみがついたそれを分けてくれ、という無茶な願いを、志摩は聞き入れてくれた。ひろと拓己が必死な顔をしていたのもあったのだろう。

志摩が小さくて軽い鉢にうつしてくれたそれを、拓己が受け取った。

「……本当に咲くのか?」

「咲きます。絶対に」

ひろは志摩をまっすぐに見つめてそう言った。

「咲いたら連絡をくれるか。おれも見たいんだ」

ひろは大きくうなずいた。

京阪《けいはん》の宇治駅で、傍に誰もいないのを見計らって、ひろは肩掛け鞄の中に声をかけた。

「——よかったね、シロ」

そこからちらりと小さな頭がのぞく。シロが拓己の腕にある鉢を見つめていた。

「これだけじゃないんだよ。まだいくつもあるんだって」

巨椋池はなくなってしまったけれど、その植生は再生され始めている。いつかまたこの土地を、美しい蓮の花が覆うようになるかもしれない。

シロは何も言わずにひろの鞄の中に引っ込んでしまった。

ほんの小さな、つぶやきを一つ残して。

「──そうか。生きていたのか」

それはひどく切なく聞こえて、ひろの胸を締めつけた。

5

ひろたちはこのまま達樹のおおの屋に蓮を持っていくつもりだった。達樹にはあらかじめ、蓮が見つかるかもしれない、と話してある。

京阪祇園四条駅で降りて、そこからは徒歩だ。人の多い四条通を避けて、蛸薬師通を西に進む。

河原町から烏丸までの間は、鉾や山のほとんどない区間だ。遠くから聞こえる鉦と笛の音に耳を澄ませながら、拓己が蓮を抱え直した。

「そういや宵山行く約束してたな」

ひろは顔を上げた。鉢の件でばたばたしていてすっかり忘れていた。

「せっかくやから見物して帰ろか。おれも昨日は屋台ばっかり行ってたから、鉾も山もあんまり見られへんかったし」

ひろはぱっと顔を輝かせた。鞄を小さくたたく。

「シロも一緒に行こう」

シロは人が賑やかにしている場所が好きだ。活気があって生き生きとしているのをいつも楽しそうに見つめている。鉾や山の美しい錦の織物も、街中に響く笛や鉦の音もきっと好きにちがいなかった。

シロが鞄の中から、ちらっと頭を出した。うかがうようにひろを見上げる。

「ひろ、おれは屋台で売っている、あのぐるぐるの芋を揚げたのが欲しい」

「芋？　ああ、あのトルネードなんとかっていうフライドポテトのこと？」

拓己が横から呆れたようにシロを見下ろした。

「いや、確かに形は面白いけど、あれでええんかお前は」

「素晴らしい飾り切りだと思う」

シロはキリッとした顔でそう言った。小学生が喜ぶような屋台に興味津々《しんしん》のシロに、ひろと拓己は顔を見合わせて笑った。

その時、ひろのスマートフォンが震えた。その向こうから達樹の声が飛び込んでくる。

「三岡、やばいことなった！」

達樹の声は相当焦っているようだった。後ろでは誰かが騒いでいる声や、小さな悲鳴が聞こえる。

ひろがおろおろしていると、拓己がひろのスマートフォンを受け取った。

「どうした、大野」

「清尾先輩っすか？　三岡と一緒なんすね。今おれの家やばいことになってるんです。じいちゃんあんな言うたのに、勝手に違う蓮植えよって！　鉢がえらいことなってます！」

「すぐ行く」

拓己がスマートフォンに向かってそう叫んだ。

ほとんど走るぐらいの勢いで、ひろと拓己がおおの屋についた時、鞄からシロが顔を出した。

その瞳は剣呑に宿の中をにらみつけている。

「何をやったんだか知らないが、面倒なことになっているな」

のれんは下ろされて、手書きの紙に屏風祭の中止が書かれている。中からぱたぱたと走り出てきたのはおおの屋の従業員だ。

「ほんまかなんわ……」

マスクをして両手に濁った水の入ったバケツを持っていた。ぞっとするような臭いがして、ひろは鼻を覆った。腐った水の臭いだった。

宿に駆け込むと、中はひどいありさまだった。

「うわ……」

拓己が思わず声を上げた。

おおの屋のロビーからエントランスにかけて、腐った水があふれていた。濃い灰色と茶色の混ざったような色をしている。ヘドロの塊《かたまり》のようなそれは、玄関先からぼたぼたとしたたっていた。鼻が曲がりそうなひどい臭いだった。

「三岡、清尾先輩！」

達樹が水を跳ね上げて駆けてきた。羽織の袖で鼻を覆っている。

「大野くん、どうしたのこれ……」

「じいちゃんがやらかした」

達樹は汗のにじんだ額《ひたい》を拭った。幸いなのか鼻がきかなくなっていて、涙が出そうな悪臭はわからなくなった。

「おれ部活あったから、さっき学校から帰ってきたんやけど……」

十六日の夜は、どの家にとっても大切な夜だ。昔からの常連客や得意先が挨拶に訪れ、おおの屋の屏風祭はおおいに賑わった。

「じいちゃんがいつの間にか、お得意さんに約束してたらしくて……鉢に蓮を植えて見せたるて」

「それで、水入れて蓮を入れてしまわはったんか……」

拓己が志摩の蓮を抱えたまままつぶやいた。

「しょうもない見栄はりよったんや」

ただ、祖父の気持ちもわからないではない、と達樹は小さくこぼした。

うちは新参やからわきまえんとあかんのや、というのが祖父、達之の口癖だ。

江戸創業の老舗がごろごろ転がっている市内は、伏見から居をうつしたおおの屋にとって、住むにしても商売をするにしても新参だった。

京都のもてなしは見栄の張り合いだ。

美しいもの、価値のあるものと、その日の気温や天気、季節、文学や歴史、そして主人の想い。そういうものをしつらえて、正しく愛《め》でるのが『もてなし』だという。

それができへんと笑われるえ、と祖父はよく達樹に言った。だからあの蓮の鉢は祖父にとって、最後の場にふさわしいもてなしだったのだ。

達樹が学校から帰ってきた時、ちょうど青い鉢から腐った水があふれてこぼれ落ちるところだった。

絨毯こそ敷いていないものの、艶のある板張りのロビーは大惨事になっていた。客には帰ってもらい、衣桁や屏風をあわてて避難させる。水はすくって捨てても拭ってもいつの間にかどこからか湧き出ていて、手のつけられない状態だった。

従業員たちが、気味が悪そうに瑠璃色の鉢を遠巻きに見つめている。古くからおおの屋で働いているものばかりで、この鉢の「さわり」についても知っているのだろう。

「親父と母さんは挨拶回りで帰ってこられへんし、じいちゃんは具合悪くして母屋や」

達樹がため息をついた。今日はロビーは使えない。番頭の指示で宿泊客への説明と裏口を開けるために、従業員たちはせわしなくロビーを出ていった。

ロビーには、達樹とひろ、拓己だけが残った。

ひろはじっと鉢を見つめている。

——よあけを。……よあけを。

鉢からは声が聞こえる。

それはひりつくような怒気を帯びていて。そしてどこかとても悲しそうだと、ひろは思った。

美しい瑠璃色の表面には、鉢からあふれた水で黒い筋が何本も走っている。その傍にべしゃりと落ちているのは、植えられたという蓮だろう。瑠璃の鉢からはどく、どくと生き物の鼓動のように水があふれていて、黒い水がたまっていた。

あれではだめなのだ。

ひろは達樹に向き直った。

「学校でちょっと話した通り、あの鉢に植えなくちゃいけない蓮が見つかったんだ」

拓己が抱えていた袋から鉢を出した。そこには小さな蓮のつぼみが一つついている。

「せやけど、ほんま大丈夫なんか……これ以上ひどなるんとちがうんか……」

この分だと一週間は営業に支障が出る。達樹は顔をしかめた。

「大丈夫だよ」

ひろはきっぱりと言った。志摩からもらった鉢に手を差し入れる。このまま泥の中に沈めればいいと志摩は言っていた。

ひろは手に蓮を抱えたまま、ためらうことなく腐った水の中に足を踏み入れた。黒い水が散って足を汚すのもかまわずに、瑠璃の鉢の傍まで歩み寄る。

これはきっとシロだ。

なくなってしまったあの美しい池の——薄月のもとで取り戻したかった夜明けの姿だ。

泥にまみれた手で、ひろは小さな苗を鉢にそっと沈めた。

両手が黒々としたものに飲み込まれて、ぞっとするような感覚が腕を伝う。

「ひろ！」

鞄の中からシロが飛び出して、肩に這い上がった。

「大丈夫だよ、シロ」

瑠璃色の鉢が、一つどくりと音を立てたような気がした。

——ふわり、と風が吹いた。

ひろが一つ瞬きをすると、そこはもうおおの屋のロビーではなかった。

「——え」

拓己も達樹も戸惑ったような顔であたりを見回している。ひろは思わず肩のシロを見た。

シロは金色の目を見開いていた。

足元は深い瑠璃色が広がっている。あちこちで生き物が動く小さな波紋が、ぽつり、ぽつりと広がっていた。

水面に美しい金色が揺れていた。表面にさざ波の文様をつくるそれは、空に浮かぶ月だ。見上げれば広い空にぽかりと満月が浮いていた。

やがて空の端が淡く紫に色づき始めた。静かな水面に夜明けが来る。

空は藍から薄紫にゆっくり変わり、西の空に沈みかけた満月の輪郭《りんかく》を淡くぼかしていく。水面の瑠璃色にきらきらと朝日を反射して、金色が散る。

ぽん、とかすかに音がして、ひろは振り返った。そこは蓮の群生地だった。大きな蓮の葉が我先にと伸び上がって、水がその上をきらきらとすべっていく。

ひょろりと伸びた茎《くき》の先端で、またぽん、と音がした。

ひろが見ている前で、淡い桃色の蓮のつぼみが外側からほどけていくように花びらを開いた。

「わ……」

ひろは目を丸くした。

陽《ひ》の光が差し込むのと同じ早さで、ほろり、ほろりと次々に花開く。紅白、白、紅。瑠璃色の水面に差し込む錦の陽光と、敷き詰められた深い緑の葉と、その上でほどける蓮の花。

まさしく天上の光景だ。

その時、ひろの後ろでぱしゃりと水が跳ねる音がした。振り返った先を見て、ひろは息をのんだ。

肩につくほどの銀色の髪と、月と同じ金色の瞳。シロだ。

ひろは自分の肩に、白蛇のシロが乗っているのを確かめた。シロは呆然《ぼうぜん》とつぶやいた。

「……おれだ」

人の姿のシロは、ひろのことは見えていないようだった。これは瑠璃色の鉢の記憶なのかもしれないと、その時ひろはようやく気がついた。

人の姿のシロは、ゆっくりと蓮の花に手を伸ばした。淡い紅に色づいた花びらをそっとなぞる。その口元がほろりとほころんで、金色の瞳が柔らかくとろけた。

ああ、これはいつもひろを見つめるその甘さだ。蜂蜜のように甘く優しい。

かつてシロはそのすべてを、自分の居場所であるここへ注いでいたのだ。

この池の生き物と季節と、それらが描きだす天上のように美しい光景のすべてを、慈《いつく》しんで愛《いと》おしんでいた。

「シロ……シロ」

ひろは白蛇のシロを両手で包み込んだ。

胸がどうしようもなく騒いだ。

これがあなたの愛したものの姿だ。

ひろの目の前で、ぽん、とまた蓮が咲いた。

先端が赤く、とろけるように白色に変わる花びらを持っている。それは周りに咲き誇っているものより幾分小さく見えたが、十分に美しかった。

志摩が育てた蓮だ。かつて巨椋池から流れ出した一粒の種から生まれた。

シロがひろの手のひらからするりと顔を出した。

小さな子どものような声が響いた。

――かつて御身《おんみ》で我らを育んでくださった、大池の主よ。

小さな蓮の声だとひろは思った。シロは金色の目でじっと蓮を見つめていた。

――いつか御身の傍で再び……花開かんことを。

陽の光が差し込んだ。

目のくらむような夜明けの光の中で、ひろは確かに見た。

蓮の花を揺らし、光の中を空へ向かって駆け上がっていく――透明なうろこと真っ白の鬣《たてがみ》、黒曜石のような爪を持った、一匹の龍の姿だった。

夢のような光景はふいに途切れるように終わった。

橙色の明かりが灯るおおの屋のロビーで、誰もがしばらく何も話せないでいた。

「……水、なくなってるな」

拓己が足元を見下ろしてつぶやいた。さっきまで黒い水がたまっていたロビーは、元通りになっている。

達樹が飲み込みきれないように、深く息を吐いた。

瑠璃色の鉢の上には、ひろが差し入れた蓮の花がつぼみのままそうっと下を向いている。鉢の瑠璃色がゆらゆらとたゆたっているように見えた。

ひろたちが呆然としているさなか、達之が母屋から顔を出した。達之は鉢を見つめて息をのんだ。

「……これや」

達之は縋るように鉢を両手で抱え込んだ。

「そうや、こんな風になったんや……」

ソファに座り込んだ達之に、ひろは鉢に植えるべき蓮のことを伝えた。来年になれば志摩造園でまたいくつか花が咲くだろう。株分けしてもらえるように頼んでみると言ったら、ひどく感謝された。

「……倒れてから隠居することが決まって……正直心配で仕方なかったんですわ……」

代が替われば家が傾くというのはよくある話だ。菓子屋などは代が替わって味も変わったと常連が一斉に離れることもある。

息子に、孫に何か残せるものはないだろうかと、達之は考えた。

「それからしばらくして夢を見ましてね」

達之はぽつりと教えてくれた。

「鉢に蓮が植えられてる、小さいころの夢ですわ。あの鉢見たさに泊まりに来る人もいたはったなあて……」

屏風祭には常連も得意客も訪れる。代替わりを示すにはもってこいの場だった。

「やから突然、鉢に蓮なんか植えるて言い始めたんか」

達樹がそうつぶやいた。

「……せやけどもう屏風祭も開かれへんし、お得意さんらは帰ってしまわはった。また新参やて笑われるわな」

達樹が呆れたようにため息をついた。

「ほんならまたやったらええ。三岡が見つけてくれた蓮やったら、鉢はあんなきれいに見えるんや。祇園祭かて後祭《あとまつり》もあるさかい」

達樹は祖父を支えて起こした。

「将来はわからへん。せやけど——今はおれがいてるやろ」

それは達之にずいぶんと勇気を与えたらしい。

「——まだ若い時分で、えらそうなこと言うたらあかんえ」

そう言いながらも、達之は目じりを柔らかく下げて笑っていた。

おおの屋の外に出て、ひろはほっとため息をついた。宵山の喧騒が現実に引き戻してくれるような気がする。先に出た拓己を追いかけようとしたひろを、見送りに出てくれた達樹が呼び止めた。

「ほんま……夢みたいやったわ」

ひろはその目を正面から見つめた。

「でもわたしも拓己くんも、大野くんも見たよ」

「……ほんまのことなんやろ。それはわかる。三岡が……結構こういうの慣れてるってのもわかる」

ひろはびくりと肩を跳ね上げた。

大丈夫だ。達樹はきっと、こういうことを誰かに言いふらす人ではない。ひろは唇を結んだままゆっくりとうなずいた。

「三岡。じいちゃんの頼みをかなえてくれて、ありがとうな——うれしかった」

ひろはぶわりと心があたたかくなるのを感じた。

祖母のように、わたしも誰かを助けることができたのだ。ぎこちなくて不器用で、遠回りだったかもしれないけれど。

それは確かに、ひろの踏み出した一歩だ。

「……うん！」

「……それでなんやけど」

達樹は左右を慎重に見回して言った。

「あのさ、後祭の前に屛風祭みたいなことをもう一回すると思うんやけど、三岡も見に来うへんか？　ほら、あの蓮もつぼみのままやし、咲くとこ見たいやろ」

ひろは笑ってうなずいた。

「うん。蓮は午前中に咲くんだよね。わたしも見たいよ」

「お、おう。それで咲いた蓮見たら……昼ご飯でも食べに行こうや。近くでおいしいカレーうどんだしてるとこがあって——」

「——それはええなあ。おれも案内してくれるんやろ、大野」

達樹の肩に大きな手のひらが乗った。拓己だ。達樹の肩が跳ね上がる。

「……清尾先輩、先行かはった思てましたわ」

「通りの様子見てきただけや」

妙な沈黙が続いて、ひろはあわてて間に入った。

「大野くんありがとう。後祭も来るね、拓己くんと一緒に」

「……おう。待ってるわ」

達樹は妙に肩を落として、とぼとぼとのれんの内側に戻っていく。その後ろ姿を見送りながら、ひろは首を傾げた。

「元気ないね。鉢のことは解決したけど屛風祭はやりなおしだし、これから大変だよね」

拓己を見上げると、なんとも言えない顔でひろを見つめている。

「……拓己くん?」

「いや」

拓己が一度首を横に振って笑った。

蛸薬師通を東へ歩きながら、ひろは鞄の中にそっと手を差し入れた。シロがちらりとのぞいている。

「大野くんのおじいさんが夢を見たころって、ちょうど志摩さんがあの蓮の種を育て始めたころだったんだね」

きっと偶然ではないとひろは思う。

「鉢は思い出やったんかもしれへんな」

鉢を作った陶工は、あの美しい天上の蓮の光景を鉢に閉じ込めた。鉢も蓮もこの記憶を伝えたい人がいて、この夏に目覚めたのかもしれない。

ひろは、シロのなめらかなうろこを撫でた。シロがすり寄ってくる感触がする。

「大丈夫だよ、シロ」

ひろはそうっとつぶやいた。

シロの居場所はなくなってしまった。

けれど今までが全部なかったことになんて、絶対にならないのだ。失われた大池の蓮は蘇《よみがえ》り始めている。

「シロは、いつだって一人じゃなかったんだよ」

今も、これからもずっと。

「……ああ」

シロのくぐもった小さな声が聞こえた。シロがひろの手にきゅう、と巻きついているのがわかる。それは小さな子どもが、不安でたまらなくて母の足にすがりつくような、そんな感覚だった。

何度でも大丈夫と言うんだ。

だからシロは、死に物ぐるいでひろにしがみつかなくてもいい。

ひろを全部の代わりにしなくても、シロは本当はたくさんのものを持っていると気づいていないだけだ。

シロがそれに気がついたなら。きっと、一緒に前に進むことができるから。


清花蔵の縁側で、ひろは和うちわを手に空を見上げていた。祇園祭の喧騒とは打って変わって静かで穏やかな星空だ。

あの夢に浮かされたような祭りも楽しいけれど、ここはいつもひろの心をそっと落ち着かせてくれる。

「——ひろ、はな江さんもうすぐ帰るて。もうちょいここにおり」

電話を終えた拓己がひろの隣に座った。二人の間にはガラスのポットに水出しの緑茶が用意されている。

ひろはお礼を言ってまた空を見上げた。

ふと、あの夢のような光景の中で、朝日を切り裂いて空へ駆け上っていった龍の姿を思い出した。

「だから、天龍花蓮鉢って名前だったんだね」

「ああ、あの鉢な。最後のあれ……やっぱり白蛇か」

拓己がうなずいた。

光に目がくらんでよく見えなかったけれど、とても大きくて美しかった。あれがシロの本当の姿なら、一度ちゃんと見てみたいと思う。

ひろは今回、一つ決めたことがあった。

「拓己くん、わたし京都に残りたいって、お母さんとお父さんにちゃんと話してみる」

「進路決めたんか？」

「まだちゃんと答えが出たわけじゃないけど。でもやっぱり、蓮見神社の手伝いがしたい」

達樹にありがとう、と言ってもらった時に思ったのだ。

この土地には人の理でははかれないことが確かにあって、そういうものに向き合う人が必要なのだ。

わたしはそれになりたい。

返事がなくて、不安になったひろはそっと顔を上げた。

拓己を見て、ふいに息が止まりそうになる。

「――そうか。ひろが決めたんやったら、それがええ」

拓己はいつだってひろに優しい。

妹を見るような、家族を見るような、手間のかかる子どもを見るような。いつだって成長を慈しむような優しいまなざしだったはずなのに。

ひろはあわてて目をそらした。胸が妙な具合に鼓動を刻んでいる。

どうしてそんな――ひどくまぶしいものを見るように、ひろを見るのだろう。

ひろはかっと熱くなる頬に気づかないふりをして、視線をそらすように空を見上げた。

胸の奥の気持ちをひろは認めることができない。この縁側で、優しくてあたたかい人の傍で知らないふりをしていたい。

気がついてしまえば、きっとこの関係の何もかもが変わってしまうから。それが、怖くてたまらない。

この居心地のよさがとても好きだから、もう少し曖昧にしておきたくて。

ひろは何も言わないまま、星の散る七月の空を眺め続けた。

参考文献

『巨椋池ものがたり』（２００３）巨椋池ものがたり編さん委員会（久御山町教育委員会）
『巨椋池の蓮』（２０１１）和辻哲郎（青空文庫）
『巨椋池蓮図鑑』（２０１７）京都花蓮研究会
『内田又夫選集　巨椋池の蓮』（２００６）内田又夫（西田書店）

集英社オレンジ文庫をお買い上げいただき、ありがとうございます。
ご意見・ご感想をお待ちしております。

●あて先
〒101-8050　東京都千代田区一ツ橋2-5-10
集英社オレンジ文庫編集部 気付
相川　真先生

京都伏見は水神さまのいたはるところ

雨月の猫と夜明けの花蓮

集英社
オレンジ文庫

2019年9月25日　第1刷発行

著　者　相川　真
発行者　北畠輝幸
発行所　株式会社集英社
〒101-8050東京都千代田区一ツ橋2-5-10
電話【編集部】03-3230-6352
【読者係】03-3230-6080
【販売部】03-3230-6393（書店専用）
印刷所　凸版印刷株式会社

※定価はカバーに表示してあります

ISBN 978-4-08-680273-4 C0193